A vizinha tunisiana

tradução de Felipe Benjamin Francisco

A vizinha tunisiana
Habib Selmi

Tabla.

1.

Passei a vê-la várias vezes por dia.

O nome dela era Zuhra, mas a maioria dos moradores do nosso edifício a conhecia por "madame Mansur". Outros a chamavam de "a empregada". Alguns preferiam o gentílico "a tunisiana", assim como faziam com madame Rodrigues, a senhora que recolhia o lixo do edifício todas as tardes para colocá-lo na calçada, a quem se referiam como "a portuguesa"; também com monsieur Gonzalez, que vivia sozinho no seu apartamento do quinto andar: ele era conhecido como "o espanhol".

Zuhra ficou animada ao saber que havia um tunisiano — além dela, do seu marido, Mansur, e do único filho deles, Karim — entre os moradores do edifício. Pensava que todos ali eram franceses, o que achei um pouco estranho, uma vez que tudo nas minhas feições indica que sou estrangeiro. É verdade que nem todos os franceses são brancos, loiros e de olhos azuis — alguns até se parecem com os árabes. Mas há uma diferença perceptível entre mim e eles.

Desde que Zuhra descobriu que eu era tunisiano, não se dirigia mais a mim em francês — língua que aprendeu pelo contato com os locais e falava com facilidade, além de pronunciá-la com clareza, ao contrário de muitos imigrantes árabes da sua idade, sobretudo mulheres. Ela só falava comigo no dialeto árabe tunisiano, exceto quando estávamos na presença de outros moradores, pois não achava adequado conversar na frente dos vizinhos numa língua que não compreendiam.

O motivo de vê-la diversas vezes por dia não se devia ao fato de morarmos no mesmo edifício — afinal, havia moradores que eu só via uma vez por mês —, mas sim de ela ter começado a trabalhar como empregada na casa de uma senhora de noventa anos, a madame Albert, cujo apartamento ficava no primeiro andar, assim como o meu — mais precisamente em frente ao meu. O espaço entre as duas portas não ultrapassava um metro, pois os corredores dos andares eram estreitos, como em grande parte dos edifícios de Paris. Acontecia, muitas vezes, quando madame Albert e eu saíamos ou entrávamos ao mesmo tempo do apartamento, de esbarrarmos as sacolas e as cestas que carregávamos, ou até mesmo de nossas roupas se tocarem.

Madame Albert vivia sozinha no apartamento dela. Não tinha irmãos nem irmãs, pois era filha única. Ninguém a visitava, com exceção de uma amiga da mesma idade.

Depois, Zuhra me contaria que ela tinha algum vínculo de parentesco não muito claro com uma senhora em Bruxelas, que lhe telefonava duas vezes por ano: uma para felicitá-la no dia do seu aniversário e outra no Ano-Novo. Sabia-se que madame Albert gostava muito de homens e que teve muitos amantes, porém nunca se casou. Tanto é que não se incomodava que se referissem a ela como "mademoiselle Albert", em vez de "madame Albert". Contudo, por respeito, ninguém no edifício se atrevia a chamá-la assim. Afinal, referir-se a uma anciã de noventa anos como senhorita soa um pouco estranho.

Ela precisava de uma empregada doméstica. Alguém para limpar a casa, cozinhar, dar banho nela, cortar suas unhas. Alguém que a ajudasse a se vestir e a acompanhasse numa volta pelo bairro — o que procurava fazer duas vezes por dia. Ela não encontrou ninguém melhor do que a educada e gentil Zuhra. E o melhor de tudo era que a tunisiana vivia no mesmo edifício, o que permitia que ela fosse atendida a qualquer momento, até mesmo de noite.

Quanto a Zuhra, era obrigada a trabalhar na casa das pessoas porque Mansur — muito mais velho do que ela — era aposentado, e Karim tinha uma deficiência física, além de estar desempregado. Madame Albert pagava a Zuhra um salário alto pelos seus serviços e lhe dava gratificações nos feriados religiosos, no Ano-Novo e nas festas de Eid al-Fitr e Eid al-Adha, pois ela era, aparentemente, generosa e rica. Diziam que, além do apartamento em que morava, madame Albert possuía diversos imóveis alugados em Paris.

Eu tinha visto Zuhra desde os primeiros dias em que se mudou para o edifício. De vez em quando a encontrava na entrada, no elevador, na escada, perto das caixas de correio ou então no pátio onde ficam as lixeiras. Cheguei a pensar, na época, que ela trabalhava na casa de algum morador, o que justificaria sua presença ali, já que há muitas árabes que trabalham na casa de franceses. Zuhra sempre me cumprimentava, e acredito que saudava a todos no edifício. Às vezes, ela me perguntava as horas e fazia algum comentário sobre o tempo, os latões de lixo ou o carteiro.

Eu também via Mansur e Karim, mas com muito menos frequência do que a ela, e desconhecia o fato de que eram seu marido e seu filho. Pensava que estavam indo ao consultório médico do segundo andar, pois muitos estrangeiros estão constantemente entrando e saindo de lá. Nunca me passou pela cabeça que ela e esses dois homens — com quem nunca falei — pertenciam à mesma família, e que essa família residia num dos apartamentos do edifício.

A primeira coisa que me veio à cabeça foi: como uma empregada doméstica, seu marido aposentado e seu filho desempregado podiam morar num imóvel elegante de estilo haussmanniano num bairro afastado da região pobre de Paris? Cheguei a pensar que ela morava em algum apartamento minúsculo, ou então num desses quartos do último andar, chamados de "quarto de empregada", pois antigamente as empregadas domésticas que trabalhavam no edifício moravam ali. No entanto descobri que seu apartamento não ficava no último andar, mas no quinto, e que não se diferenciava em nada do meu, pois todos os apartamentos do edifício, mesmo os do quinto andar, tinham a mesma planta e a mesma área. E o que me deixou ainda mais perplexo foi que não moravam de aluguel; ela e seu marido eram os proprietários.

Minha esposa, Brigitte, e eu temos uma boa condição financeira, para não dizer muito boa. Sou professor de matemática e trabalho, desde que terminei os estudos universitários — razão pela qual emigrei para a França —, numa universidade pública do país, o que me garante um salário digno e me protege do fantasma do desemprego que passou a assolar muita gente nos últimos anos. Brigitte trabalha há muito tempo como funcionária na filial de um grande banco espanhol em Paris, por dominar a língua espanhola, que aprendeu na faculdade. Nossa família é pequena, só tivemos um filho: Sami.

Ele saiu de casa e mora sozinho desde que se formou na faculdade e encontrou emprego numa multinacional. Controlando nossas despesas, fizemos uma poupança. Ainda assim, quando decidimos adquirir um imóvel neste edifício, fomos obrigados a recorrer ao banco para financiá-lo. E hoje pagamos todo mês parcelas que equivalem a um quarto da nossa renda total. Então, como Zuhra e seu marido conseguiram comprar o apartamento deles?

Havia mais uma coisa que eu achava estranha. Os árabes, como Zuhra e o marido, que pertencem a uma classe social mais humilde e têm cultura limitada, não costumam optar por edifícios em Paris, onde a maioria dos habitantes é francesa, mesmo que tenham boas condições financeiras. Eles preferem viver em municípios próximos e em cidades onde há árabes em grande quantidade, o que diminui a sensação de exílio e as chances de serem alvos de racismo; além da abundância dos comércios que vendem carne *halal*, produtos alimentícios, frutas e verduras da sua preferência e com preços não tão altos como em Paris.

Eu também me perguntava continuamente qual seria o motivo para insistirem em permanecer na França depois que Mansur parou de trabalhar. Vários imigrantes tunisianos deixam a França assim que se aposentam e voltam para a Tunísia, onde constroem casarões, abrem negócios e compram terras. Ali passam os restantes anos de vida numa paz que os faz esquecer tudo que sofreram durante o longo exílio. E ali morrem nos braços da sua gente e são enterrados no solo do vilarejo ou da cidade onde nasceram.

"Por que está intrigado? Isso não lhe diz respeito", comentava Brigitte, um pouco incomodada, toda vez que eu falava com ela sobre esse assunto. É o que ocorre, às vezes, quando espero encontrar uma resposta convincente às minhas perguntas. A verdade é que Brigitte não é curiosa como eu. Raramente se preocupa com o que acontece no edifício e só fala dos outros moradores quando está muito incomodada com algo, como os latidos do cachorro da senhora que vive no segundo andar na companhia da mãe idosa, a qual sabemos que nunca se casou e continua sendo uma senhorita, como madame Albert.

Confesso que, desde que comecei a me interessar por Zuhra e sua família, eu, às vezes, me rendia à imaginação. Divagava imaginando histórias incomuns e inusitadas sobre ela e seu marido para saciar a curiosidade. No entanto as informações que consegui reunir mais tarde, com dificuldade, puseram um ponto-final em tudo isso.

Mansur emigrou numa época em que a França e todos os países da Europa estavam com as portas abertas aos estrangeiros. Não havia desemprego naquele momento, de modo que todos os imigrantes conseguiam encontrar trabalho com facilidade, e a discriminação não estava tão difundida como agora. Ele trabalhou alguns anos na construção civil e então ganhou na sorte grande: foi recrutado para trabalhar na fábrica da célebre indústria automotiva Renault. E ali permaneceu até se aposentar.

Dizem que chegou a ser alcoólatra e violento e que andava com cafetões e traficantes de drogas. Mas, depois de conhecer Zuhra e se casarem, mudou radicalmente. Passados muitos anos, conseguiu juntar uma quantia considerável e com um pequeno empréstimo — graças à ajuda da Renault —, comprou o apartamento. Tudo isso se passou há mais de trinta anos, num tempo em que o bairro ainda era pobre e o mercado imobiliário estava estagnado. O próprio edifício na época era bastante malcuidado. Mais tarde ele foi reformado e então se tornou o que é hoje. Essa é a história toda.

Mas por que não voltaram para a Tunísia depois da aposentadoria de Mansur? Basicamente, por conta da deficiência do filho, que exige um tratamento contínuo realizado gratuitamente no maior hospital da França. E, como ele não tem trabalho, os fundos de seguridade social lhe concedem indenizações e auxílios, de modo que, assim como a mãe, ele recebe também seguro-desemprego. Obviamente, ao voltarem para a Tunísia, seriam privados de tudo isso.

A partir do momento em que Zuhra soube que eu era tunisiano, Mansur passou a me cumprimentar toda vez que me encontrava na porta do edifício. Antes, ele se limitava a me dirigir um olhar sem dizer nada. Às vezes, fazia um aceno bastante sutil com a cabeça, que eu mal podia notar. Ainda não consigo entender esse gesto. Não sei se queria me cumprimentar ou se estava surpreso em me ver. Na verdade, era raro encontrá-lo, pois saía pouco. E, se saía, era, geralmente, em horários diferentes dos meus.

O tanto que Zuhra tinha de preocupação com a aparência, Mansur tinha de desleixado. Vestia sempre roupas velhas que pareciam largas no seu corpo magro. Na maioria das vezes, o cavanhaque não estava aparado, e ele não penteava o que lhe restava de cabelo. Entretanto o que mais me chamava a atenção era que por vezes não usava sapatos, mas sim algum chinelo ou pantufa do tipo que se usa em casa. E, quando fazia frio, não calçava meias.

Muitos moradores do edifício olhavam para ele com certo estranhamento; afinal, não era aceitável sair do apartamento nesse estado de desleixo, mesmo permanecendo dentro do edifício. A própria Brigitte começou a comentar de vez em quando sobre a aparência de monsieur Mansur — era assim que ela o chamava, pois os franceses procuram utilizar a palavra "monsieur" ao se referir a alguém que não conhecem bem, mesmo que seja um andarilho, um ladrão ou um criminoso, o que acho bastante estranho, tanto é que não me acostumei até hoje.

Pelo fato de Mansur ser tunisiano como eu, de vez em quando Brigitte me fazia perguntas que eu também fazia a mim mesmo, e para as quais eu não tinha resposta: ele não percebe que os moradores do edifício olham para ele de modo estranho? Por que não penteia o cabelo? Ele não sente frio sem meias e com esse tipo de chinelo no inverno? E a pergunta que mais a deixava perplexa era: como Zuhra permitia que ele saísse assim tão desleixado?

Karim se parecia com a mãe, na fisionomia e no comportamento. Ele cuidava da aparência e suas roupas estavam sempre limpas. Às vezes, usava sapatos lustrosos e se vestia de modo um pouco antigo para alguém da sua idade — estimo que tivesse pouco mais de vinte e cinco anos. Nada na sua aparência lembrava o pai, e já cheguei a me perguntar, num dado momento, se Mansur seria mesmo seu pai ou se Zuhra o teria tido em um casamento anterior.

Ele também mudou quando sua mãe descobriu que eu era tunisiano. Passou a me cumprimentar de forma calorosa, que era expressa não apenas por um sorriso que não mostrava os dentes, mas também pela insistência em estender a mão. Ele mancava um pouco por causa da deficiência. Toda vez que me via, avançava rápido na minha direção, de modo que eu temia que ele perdesse o equilíbrio e caísse. Então, para facilitar sua tarefa, passei a me adiantar ao encontro dele. Depois de eu lhe estender a mão, ele permanecia em silêncio. Evitava olhar para o meu rosto, parecia tímido, o que às vezes me causava certo constrangimento. Felizmente, o encontro não durava mais do que alguns segundos. Eu estranhava esse comportamento no início, pois Karim, de longe, se parece com qualquer jovem da sua idade. Por um tempo, eu me perguntei se ele teria alguma deficiência intelectual além da física.

2.

Tive reações opostas ao descobrir que havia uma família inteira de tunisianos residindo no mesmo edifício que eu, com apenas três andares separando nossos apartamentos. Primeiro, senti satisfação, já que fazia muito tempo que eu só me relacionava com franceses, por causa do trabalho numa universidade francesa e por ser casado com uma local. Obviamente, tive amigos tunisianos num dado momento: alguns conhecidos da Tunísia e outros que conheci aqui mesmo na França. Nos víamos de tempos em tempos. Porém, depois que todos se casaram e tiveram filhos, nossos encontros foram rareando.

Conforme ficávamos mais velhos, fomos nos afastando até chegar ao ponto de nos vermos muito pouco. A verdade é que muita coisa se passou nos últimos anos. Três amigos faleceram, um deles por suicídio: atirou-se bêbado no rio Sena depois que sua mulher, também francesa, pediu o divórcio. Além disso, alguns deles voltaram para a Tunísia, uma vez que não podiam suportar mais a dureza da vida e do frio da Europa.

Desde que decidi me estabelecer na França, depois de terminar os estudos, eu me inseri no meio dos franceses e passei a me comportar como eles. Isso me ajudou em diversos aspectos, seja na relação com minha esposa e com as pessoas com quem convivia, seja na minha profissão. Minhas visitas à Tunísia diminuíram muito. Comecei a passar a maioria das minhas férias em outros países, principalmente na Espanha. Brigitte e nosso filho odeiam a Tunísia no verão, por causa do calor intenso, do tumulto causado pelos casamentos, das praias sujas e da enorme quantidade de mosquitos. Outro motivo que me fez deixar de ir à Tunísia e passar por isso tudo é o fato de que meu pai e minha mãe, meu elo com o país, já faleceram há muito tempo. De toda a família, só me resta uma irmã mais velha, que mora num vilarejo bem no interior, de difícil acesso, e outro irmão mais novo, que vive em Nabeul, mas nossa relação não é muito boa por causa da sua esposa tunisiana, que sempre me trata mal e me acha arrogante, além de ter inveja de Brigitte. Ela se recusa a chamá-la pelo nome, referindo-se à minha esposa como *gauriya*, isto é, "gringa", só para diminuí-la, como se não fosse da família, e sim uma estrangeira qualquer.

Entretanto, em paralelo a essa satisfação, senti um pouco de timidez e constrangimento, pois essa família não era do mesmo nível social e cultural que o meu. Além do mais, eles não passavam uma boa imagem dos tunisianos. É verdade que Zuhra era educada e gentil, mas ainda assim era uma empregada doméstica. Todos no edifício sabiam disso. Seu marido não cuidava da aparência, era um tipo esquisito, para dizer o mínimo, como se via de longe. Já o filho era um desocupado e sofria de algum tipo de deficiência.

Num primeiro momento, eu me preocupei em manter uma relação superficial com a família de Zuhra. Não gostava muito de encontrá-los. Nossas conversas se limitavam a assuntos genéricos e eu só os cumprimentava obrigado pelas regras da boa convivência. Ao mesmo tempo, procurava evitar que percebessem que eu tinha mudado, pois só passei a evitá-los quando descobri que eram tunisianos como eu — o que é um hábito comum entre alguns de nós. Essa fase durou poucos meses, nos quais fui capaz de dominar meu constrangimento em grande medida, além de me livrar dos sentimentos de timidez e vergonha.

Pouco a pouco, comecei a mudar. A verdade é que foi o comportamento de Zuhra que me fez mudar. Tenho certeza de que ela notou o meu constrangimento, ou quem sabe atentou para a minha timidez, pois parecia ser inteligente e sensível. Apesar disso, continuou a me cumprimentar e a me tratar com muita gentileza. A cada dia, aumentava minha certeza do que notei desde que comecei a me interessar por ela: Zuhra tinha qualidades admiráveis — evidentes até mesmo para os franceses que odiavam os árabes.

Depois de um tempo, minha relação com ela passou para um estágio que considerei definitivo, pois enveredei por um caminho do qual não me arrependo. Não a chamava mais de madame Mansur quando conversava com ela, como fazia a maioria dos moradores do edifício, mas sim de Zuhra. Exatamente como fazia madame Albert às vezes. Ela era a única, até onde sei, que a chamava pelo primeiro nome. Eu me dei conta disso porque, quando me encontrava com madame Albert ocasionalmente, no primeiro andar ou na entrada do edifício, ela sempre me perguntava se eu tinha visto "Zuhra".

Obviamente, perguntei a Zuhra se podia tratá-la assim, e ela consentiu de imediato; até me agradeceu. Mas isso não era o bastante, então pedi que também me chamasse pelo primeiro nome, se não lhe causasse constrangimento: Kamal, em vez de "monsieur Achur" ou, em árabe, "si Achur". Zuhra sorriu e não disse nada. No entanto continuou a me chamar pelo sobrenome. Estava claro que não ousaria fazer diferente.

Eu sabia que chamar os empregados pelo primeiro nome talvez fosse um custo alto e acabasse com a distância que poderia — ou seria melhor — existir entre empregado e patrão. Afinal, pode encorajar os empregados a se comportarem de modo inconveniente e a passar dos limites, ou levar a algo pior. É verdade que Zuhra não trabalhava na minha casa, mas na de madame Albert, o que não mudava nada. Zuhra era uma empregada doméstica, no fim das contas, e todos no edifício sabiam. No entanto fiz o que fiz em consideração a ela, não apenas por ser tunisiana, mas por ser merecedora.

Não parei por aí. Naquele dia, aproveitei a oportunidade de Brigitte e eu estarmos em perfeita harmonia para sugerir — depois de um longo preâmbulo — que fizesse como eu. Ela, porém, se negou imediatamente, achando estranho eu pedir algo do tipo. "Não posso chamar uma pessoa que não conheço bem ou com quem não tenho intimidade pelo primeiro nome." E se justificou dizendo que fora criada com costumes franceses, que não permitiam esse comportamento, e via nisso falta de respeito com a pessoa. Tampouco mudou de opinião quando lembrei que Zuhra não era francesa e que os costumes árabes são completamente diferentes dos franceses nesse ponto. "Quero lembrar que não estamos nem na Tunísia, nem no Marrocos; estamos na França", Brigitte disse com certa frieza.

Desde o primeiro instante em que Zuhra falou comigo em árabe, percebi que ela era do sul. Conheço bem o sotaque daquela região porque as mercearias e panificadoras no bairro onde vivo são geridos por gente de lá. Eu não frequento esses lugares, não só pelo fato de achar que os árabes superfaturam os preços, mas porque Brigitte acha que essas mercearias não são limpas o bastante e não respeitam as normas sanitárias. Apesar disso, de vez em quando, vou até lá e compro alguns doces orientais. Obviamente não como em casa, mas na rua, com medo da reprovação de Brigitte.

Nossas conversas deixaram de se restringir, como nos primeiros meses, ao clima, ao horário do carteiro, ou ao aumento na quantidade de panfletos que lotavam diariamente nossa caixa de correio. Nesses encontros, que não duravam mais que poucos minutos, passamos a tratar de assuntos diferentes: trabalho, desemprego, aumento do custo de vida, doença, seguridade social, os meios de transporte parisienses e, sobretudo, as notícias da Tunísia e os bons tempos das férias de verão que ela passava com a família por lá, o péssimo tratamento dos policiais no aeroporto de Túnis-Cartago e os constrangimentos causados pelos oficiais da aduana no porto de La Goulette. Ela nunca falava sobre o filho e o marido. E eu nunca perguntava nada a respeito deles. Na verdade, eu não sentia vontade nenhuma de saber como estavam, ainda que os respeitasse. Era como se a única coisa que me interessava nessa família tunisiana fosse Zuhra.

Às vezes, eu me aproveitava de ela ser educada e gentil, bem como de estar sempre disposta a conversar comigo, de modo que eu fazia diversas perguntas por mera curiosidade. Afinal, essa foi a primeira vez que encontrei uma imigrante com quem podia conversar. É claro que há muitas mulheres tunisianas que imigraram com o marido. Eu as vejo diariamente em todos os lugares, no comércio, nos parques, nas ruas, no metrô, mas ainda assim é raro que eu me aproxime, já que não as conheço e elas não se demonstram dispostas a interagir.

Dirigir-se a uma árabe que você não conhece pode causar problemas para ambos, na maioria das vezes. Certo dia, no metrô, vi um adolescente francês — com cara de estudante — perguntar as horas para uma mulher de véu à sua frente. Ela não respondeu. Fiquei surpreso quando um homem ao lado dela, um argelino — como se notava pelo sotaque em francês —, chamou a atenção do jovem, dizendo que não era permitido falar com uma mulher desconhecida, com quem não se tem parentesco!

Confesso que não era apenas a curiosidade que me motivava a falar com Zuhra, mas outra coisa. No início, eu sentia que essa coisa não estava nítida e eu não era capaz de defini-la. No entanto, pouco a pouco, consegui elucidá-la: tratava-se de uma espécie de nostalgia pela "mulher árabe". Casei-me uma única vez na vida, e com uma francesa. Nunca tive relação com uma árabe a não ser com estudantes e por períodos curtos, nos tempos de faculdade em Túnis, ainda antes de emigrar. Parece que agora, já com mais idade, comecei a nutrir nostalgia pelo universo feminino árabe, que na verdade não conheço como deveria. Arrisco-me a dizer que o desconheço em grande parte. Talvez esse sentimento seja fruto de eu estar alheio a esse universo pelo menos desde que deixei a Tunísia para me fixar na França e, sobretudo, desde que me casei com Brigitte. É isso que me faz sentir, com essa idade, tal nostalgia. Meu desejo de falar com Zuhra era, de certo modo, uma tentativa de entrar nesse universo, de conhecê-lo e descobrir todos os seus segredos.

Com Zuhra, voltei também a sentir prazer em falar árabe, ainda mais o dialeto tunisiano. Naquela época, eu falava francês a maior parte do tempo e sentia orgulho de dominar a língua. Falar francês como um nativo era do que eu mais me vangloriava.

Brigitte também tinha orgulho disso, pois, segundo ela, o francês é uma língua difícil para os estrangeiros e muitos a falam com sotaque carregado.

Contudo não abri mão da língua árabe e nunca me passou pela cabeça abandoná-la. Pelo contrário, eu me preocupei muito em preservar minha relação com ela. Acredito que a língua árabe é uma das poucas coisas que ainda me ligam ao mundo de onde vim. Eu a acho linda e viva, ao contrário do que pensam alguns tunisianos que vivem repetindo que o árabe é uma língua morta sem espaço no mundo moderno da ciência e da tecnologia. Meu gosto por ela aumentou quando li uma página ou outra de livros de matemática e física em árabe, como o *Livro compêndio sobre cálculo por restauração e balanceamento*, de Al-Khuarizmi, e o *Livro das pedras preciosas*, de Al-Biruni, que encontrei por acaso na internet. Minha ligação com a língua se intensificou tanto, depois de descobrir o valor da leitura, que passei a ler romances árabes também. No entanto ler é uma coisa e falar, sobretudo em tunisiano, é outra.

Eu sentia uma vontade latente de pronunciar as letras e ouvir seu som saindo da minha boca. Eu fazia isso de tempos em tempos quando estava sozinho no chuveiro, no banheiro ou na cozinha. Certa vez, esqueci que Brigitte estava na sala; ela pensou que eu estava na companhia de um dos meus velhos amigos tunisianos e que falava com ele sobre algum assunto importante. Eu me empolguei, elevando a voz sem perceber, e Brigitte me ouviu. "Agora você anda falando sozinho?", perguntou, espantada. "Você deveria tratar isso com o médico na próxima consulta, porque pode ser indício de senilidade!"

Percebi que Zuhra também sentia prazer em falar comigo em tunisiano; não porque ela era privada disso como eu — afinal, ela falava esse dialeto todo dia com o marido e o filho —, mas por ver como aquilo me agradava e me deixava feliz.

Acredito que o prazer que sentia se devia também ao fato de poder conversar com um tipo de tunisiano com quem não estava habituada. Um professor universitário, casado com uma francesa, que a respeitava e a ouvia com interesse. Isso parecia causar-lhe certo orgulho, certa satisfação. Eu ficava feliz em ser a razão desses sentimentos.

3.

Assim que abri a porta do apartamento para sair, avistei Zuhra. Ela estava parada em frente à porta de madame Albert esperando para entrar.

Virou-se para mim e senti um odor, algo que supus ser o cheiro de suas axilas. Era forte, mas não desagradável. Dei um passo para trás quando Zuhra se inclinou para me cumprimentar. Se eu não tivesse feito isso, muito provavelmente nossos braços teriam se tocado.

Era verão e o sol estava a pino. Fazia um calor escaldante, algo ocasional que não dura mais que uns poucos dias do verão parisiense. Ela vestia uma camisa de linho branco fina e translúcida, com mangas curtas que revelavam seus antebraços. A roupa era justa, de modo que destacava o volume dos seios. Era a primeira vez que os via de tão perto e com tanta nitidez. Tive a impressão de que ela esboçou um leve sorriso quando meus olhos recaíram sobre seu peito por acaso.

Eu já tinha percebido que Zuhra era um tanto atraente. Seu corpo ainda era firme, mesmo com seus cinquenta anos. Talvez pelo trabalho como empregada doméstica, que a mantinha muito ativa. Eu nunca tinha prestado atenção no seu rosto ou em qualquer parte do seu corpo. Desde que comecei a me interessar por Zuhra, nunca tinha olhado para ela como uma mulher que poderia atrair os homens, como faço às vezes. Eu a via como uma vizinha, uma tunisiana, que eu respeitava e tratava com educação.

De qualquer jeito, sempre tratei todos os vizinhos com polidez, os mais próximos e os mais distantes, os franceses e os estrangeiros. Há muito tempo, criei uma teoria sobre vizinhança à qual tento me ater, na medida do possível. Ela consiste basicamente no seguinte: em geral, ninguém escolhe o vizinho que tem, é o acaso que decide.

Como passamos muitos anos da nossa vida lado a lado com o vizinho, seria estúpido antagonizar ou ser grosseiro com ele. A sabedoria exige que o respeitemos, criando laços de afetividade. Se não for assim, seu vizinho pode transformar sua vida num inferno, se quiser. Eu mesmo vivi algo parecido na Tunísia antes de me mudar para Paris.

O que aconteceu entre mim e Zuhra naquele dia de verão escaldante, dentro do espaço estreitíssimo situado entre a porta do meu apartamento e a do apartamento de madame Albert, provocou uma mudança na minha relação com ela. De início, não dei a menor importância, pois essas coisas acontecem com muita frequência entre vizinhos. Não significam nada no fim das contas. Porém o que me surpreendeu na primeira vez que nos encontramos depois desse ocorrido foi que Zuhra estava diferente. Vi nos seus olhos algo que me fez entender que aquele meu olhar fugaz em direção ao seu peito havia deixado uma marca na sua alma, e que alguma coisa se movera no seu íntimo. A prova era que ela não se comportou comigo da maneira habitual.

É verdade que me cumprimentou de forma calorosa e trivial, conversamos por poucos minutos sobre os assuntos de sempre, mas ainda assim estava desconcertada. Ela evitava me encarar. Repentinamente, o mesmo vírus do constrangimento me alcançou. E desde aquele momento já não éramos mais os mesmos.

É extraordinário como a relação entre um homem e uma mulher pode ser frágil, ambígua e versátil! Essa relação está condicionada por coisas simples, para não dizer tolas.

Por vezes basta um olhar fugaz, ou um movimento inconsciente, ou uma risada, um sorriso, ou até mesmo um cheiro para provocar uma transformação na relação, que toma rumos inimagináveis.

Desde nosso encontro naquele dia de verão, estabeleceu-se entre mim e Zuhra o que se pode chamar de atração. Porém o mais sério nisso é que essa atração não estancou como eu imaginava, mas prosseguiu e evoluiu, em poucas semanas, para um jogo de sedução!

Fiquei abismado e ao mesmo tempo tímido. O que é isso, si Kamal?! O senhor é um professor universitário de matemática, eu repetia para mim mesmo. Não imaginava que sentimentos desse tipo ainda pudessem surgir, e sobretudo que eu me renderia a eles com tanta facilidade. Afinal, estou com sessenta anos e meu relacionamento com minha esposa — que tem quase a mesma idade — é excelente. Além do mais, eu ainda a amo e ela me ama também. Esse amor foi tomando formas diferentes conforme avançávamos na idade e na experiência. Eu não imaginava que a gentil Zuhra fosse se deixar levar tão rápido por um jogo arriscado desses.

O que me despertou o espanto e a timidez foi o tipo de mulher que provocou em mim esses sentimentos. Não esperava que acontecesse comigo justo com uma vizinha. Ainda mais com uma vizinha assim! Tunisiana, casada, de cinquenta anos e, acima de tudo, empregada doméstica; e justo na casa de madame Albert, na frente do meu apartamento! Meu Deus... que coincidência mais espantosa! E, depois, que diabo insidioso pôs isso na minha cabeça e me fez cair nessa enrascada?

Nunca fiquei ou tive relação, mesmo que passageira, com uma mulher de fora do meu meio. Quando estudava na Tunísia e em Paris, só andava com estudantes. Após me formar e começar a trabalhar como professor no ensino médio e depois no superior, todas as relações que teci antes de conhecer Brigitte foram com professoras. Era a primeira vez que me sentia atraído por uma mulher com quem não tinha nenhum laço aparente, exceto o fato de ser tunisiana e viver em Paris como eu.

Depois de superar o estado de espanto e timidez, fiquei surpreso em perceber que esses sentimentos me proporcionavam um prazer que não sentia havia muito tempo. Esse prazer, com tudo que o acompanhava, me carregava de uma energia que eu não pensava mais ser capaz de possuir na minha idade. Era como se um sangue novo pulsasse nas veias.

É claro que eu não estava pronto, psicologicamente, para enfrentar uma nova aventura amorosa. No entanto tenho que reconhecer que o acontecido com Zuhra foi fantástico e delicioso, algo com um sabor que eu não sentia havia muito tempo.

Não tive muita dificuldade em aceitar esse estado de atração por Zuhra no qual me encontrava. Afinal, o que havia de errado no fato de um homem se sentir atraído por uma mulher de classe social diferente da sua? E qual era o problema de essa mulher ser empregada doméstica? Qual o problema de ela ser tunisiana como eu e casada com um homem esquisito e aposentado, bem como ter um filho com deficiência e desempregado? Quanto ao fato de ela morar no mesmo edifício que eu, isso não me causou nenhum constrangimento. Muito pelo contrário, me ajudou a justificar para mim mesmo esse sentimento de atração, pois ver uma mulher diversas vezes no mesmo dia acaba por motivar o interesse e talvez até a atração por ela.

O que me incomodava de verdade era esse jogo de sedução que me fez cair na armadilha com uma facilidade desconcertante. No início, isso me machucou muito. Sentia dor na consciência. Sentia que podia, de alguma forma, fazer mal a Brigitte com esse comportamento. Afinal de contas, não era muito apropriado um homem da minha idade, posição social e cultura ser subjugado dessa forma como se fosse um adolescente. No entanto a sensação de culpa foi diminuindo até quase desaparecer quando consegui me convencer de que se tratava apenas de uma brincadeira.

O que me deixou ainda mais seguro foi ter acreditado, mais tarde, que o jogo não me cativara a ponto de eu ser tomado por ele — que era o que eu mais temia. Descobri que tinha força de vontade e determinação suficientes para sair do jogo quando bem entendesse.

O mais importante de tudo é que estava certo de que seria eu quem conduziria o jogo e o controlaria, aproveitando-me da posição social, do status, da idade, da cultura e das condições materiais. A queda de braço só poderia ser a meu favor. Além do mais, Zuhra não era uma mulher dada a escândalos. Então, o que temer?

O jogo de sedução começou com pequenos sinais. Seus olhares quando nos encontrávamos na entrada do edifício ou em frente às caixas de correio enquanto estávamos a sós. O movimento das suas mãos. Seu andar. O jeito de pronunciar as palavras quando me cumprimentava. O tremor nos lábios. Sua voz e sua entonação quando me fazia alguma pergunta. Portava-se com intensa timidez e reserva. Ela tentava agir com a maior naturalidade, mas eu tinha certeza de que tinha consciência do que estava fazendo e sabia que eu prestava atenção em todos esses pequenos sinais.

Depois de um tempo, o jogo começou a evoluir e passou a envolver o vestuário. Obviamente, Zuhra cuidava da aparência. Usava sempre roupas limpas e decentes. No entanto percebi que nos últimos tempos ela estava vestindo, vez ou outra, roupas mais femininas, era o que me parecia. Roupas que destacavam de certa forma um pouco do que havia de atraente no seu corpo. E ela o fazia com pudor e sagacidade. O indivíduo tem que olhar bem para se dar conta. E eu estava confiante de que era para mim. Só para mim e mais ninguém.

Houve uma mudança por parte dela que eu não esperava. Posso dizer que me chocou. Ela começou a cuidar do rosto. Não me lembrava de ter visto Zuhra um dia sequer maquiada. Não imaginava que seria possível, já que as árabes da sua idade não costumam se maquiar. Agora ela tinha as sobrancelhas feitas, os olhos pintados com *kohl* e até um pouco de batom vermelho. E era muito provável que também estivesse passando algum creme na pele.

Sou desses homens que gostam de mulher maquiada. É claro que não me refiro à maquiagem exagerada que vemos em muitas mulheres que parecem usar uma máscara no rosto; falo de uma maquiagem discreta que deixa a mulher mais bonita.

Brigitte sabe disso. O problema é que ela não gosta de se enfeitar. Acha que a beleza natural da mulher já é suficiente. E, depois, ela não gosta de passar aqueles pós cheios de toxinas na pele. Ainda assim, aceita fazer uma maquiagem leve de tempos em tempos, nos casamentos e aniversários, ou quando sai para jantar num restaurante, ou vai ao cinema, ou à ópera. E, às vezes, quando está feliz ou satisfeita comigo por algum motivo.

Mais tarde, eu descobriria que Zuhra só vestia essas roupas insinuantes ou se maquiava em algumas situações muito específicas, como ir ao apartamento de madame Albert. Ela teria a oportunidade de me encontrar nos instantes em que eu estivesse saindo ou entrando no apartamento — o que me fez acreditar ainda mais que era por minha causa. Nunca a via maquiada ou com roupas provocantes na entrada do edifício, em frente às caixas de correio ou próxima aos latões de lixo.

Ela sabia, ao que tudo indica, os horários em que eu não trabalhava e estava sozinho em casa. É muito provável que soubesse que Brigitte era funcionária de banco e que por isso tinha, como todos os funcionários, um horário de trabalho fixo, saindo de casa pela manhã e só voltando no final da tarde. Poucos dias depois de nos lançarmos a esse jogo de sedução, percebi que ela estava batendo na porta do apartamento de madame Albert com mais força ao chegar para trabalhar. Ela se aproveitava da surdez da patroa, que se agravava com a idade, para chamar minha atenção à sua presença em frente ao apartamento e para que eu saísse para vê-la ou a espiasse pelo olho mágico — como eu, é muito provável que algumas pessoas o utilizem simplesmente para espiar os vizinhos.

E, para que eu não a confundisse com o carteiro, ou o homem da luz ou do gás, ou ainda o técnico da televisão, que frequentavam o edifício, ela passou a dar três batidas espaçadas na porta. Duas e depois de um curto instante, a terceira. Pouco a pouco, começaram a surgir sinais de compreensão mútua sem acordo prévio. Apesar disso, cada um de nós preservou sua discrição e sua calma, e nos comportamos como se tudo acontecesse por coincidência.

Essa mudança não ocorreu apenas com ela, mas passou a me envolver também. Comecei a atentar para assuntos que costumava ignorar e a fazer coisas que nunca tinha feito. Antes de sair para buscar a correspondência ou levar o lixo, por exemplo, passei a me olhar no espelho, certificando-me de que o cabelo estava arrumado. Limpava bem o nariz. Vestia roupas melhores do que as que usava dentro de casa. Punha os óculos de grau com armação metálica, que, segundo Brigitte, combinavam com o formato do meu rosto e com a cor da minha pele; assim eu ficava mais bonito e, sobretudo, mais jovem — ainda que sempre duvidasse disso.

Às vezes, eu passava perfume de novo depois de já ter me perfumado após o banho. Na verdade, eu me preocupo em passar perfume todos os dias de manhã, pois gosto muito, não apenas pelo cheiro, mas por melhorar meu humor, que costuma ser desagradável ao acordar; além de também me dar uma forte sensação de autoconfiança.

Brigitte é quem escolhe meu perfume e o compra, pois confio plenamente no gosto dela. "Nunca vi um homem gostar tanto de perfume como você", ela diz, surpresa, quando nota que o frasco de perfume que me presenteou há menos de um mês já está próximo do fim... "O que você faz com o perfume? Bebe?"

O curioso nisso tudo é que foi só nessa época que descobri dois defeitos na minha cara. Para começar, meu queixo parece pequeno em comparação ao tamanho do meu rosto comprido, falta coisa de meio centímetro para o queixo estar em harmonia com o resto. Em segundo lugar, minha sobrancelha esquerda é menor do que a direita. Nunca tinha atentado para esses dois defeitos. Mesmo Brigitte, que conhece todos os detalhes do meu rosto, nunca fez nenhuma observação sobre o meu queixo ou a sobrancelha esquerda.

Foi preciso entrar num jogo de sedução com a vizinha doméstica para descobrir!

4.

Eu estava sozinho em casa naquela manhã. Não esperava ninguém. De repente, ouvi uma leve batida na porta. Abri e deparei com Zuhra ali de pé.

— Bom dia, si Achur... desculpe o incômodo...

E, antes que eu dissesse qualquer coisa, perguntou:

— O senhor viu madame Albert esta manhã?

Ela afastou um pouco a cabeça para trás quando percebeu que estava muito próxima de mim. Tinha na mão direita um pequeno balde com um pano de chão, uma esponja e produtos de limpeza. Ao contrário do habitual, seu cabelo não estava bem-arrumado. Não havia nenhum traço de maquiagem no rosto a não ser por um pouco de *kohl* nos olhos, de que fui me dar conta só depois. Estava cansada como se não tivesse dormido bem a noite anterior. Com relação às roupas, não destacavam nada do que lhe restara de atraente. Naquele momento, ela me pareceu apenas uma empregada doméstica esperando a patroa para começar o serviço. Apesar de tudo, assim que meus olhos se detiveram nela, fui tomado pelos mesmos sentimentos que me dominavam toda vez que a via desde que começamos esse jogo de sedução.

— Não a vi. Não saí de casa esta manhã...

Respondi num tom que soasse neutro, a fim de esconder meus sentimentos e meu embaraço. Contudo com certeza minha voz me entregou, pois quando seus lábios esboçaram um leve sorriso, acrescentei:

— Pode estar dormindo...

— Não, não, ela acorda cedo... estava com ela em casa há pouco... me pediu que a deixasse sozinha e voltasse dentro de uma hora. Mas, quando voltei, bati na porta e ela não abriu.

Não tinha ouvido essas batidas. Certamente aconteceu durante o longo tempo que passei na cozinha. Estava compenetrado lavando as xícaras, os pratos e os talheres que usamos, Brigitte e eu, no café da manhã. Todos os dias em que não trabalho de manhã eu lavo a louça. Já Brigitte sai direto para o trabalho assim que terminamos de comer.

Ela deixa tudo como está, ao passo que eu tiro a mesa e levo as xícaras para a cozinha, além de lavá-las. Realizo outras tarefas também: arrumo a cama, abro as janelas para ventilar os cômodos, tiro o pó dos móveis e varro o chão da sala. E nada disso me incomoda, de forma alguma. Pelo contrário, sinto prazer com essas tarefas.

— Talvez ela não tenha ouvido as batidas...
— Eu sei que o ouvido dela piorou nos últimos anos, mesmo assim ela costuma ouvir... obrigada de todo modo... deve estar ocupada com alguma coisa... ou falando com alguém e não quer que eu escute... vou voltar daqui a pouco.

No instante em que pensei que estava de partida, ela me surpreendeu esticando o pescoço e olhando para dentro do meu apartamento. A porta estava completamente aberta. Ela podia ver boa parte da sala. Perguntou então, admirada, indicando minha biblioteca:

— Todos esses livros são seus?

A última coisa que esperava que ela me perguntasse era sobre os livros. Achava que sua atenção tivesse sido atraída pelos móveis e pelo espelho enorme na parede sobre a lareira, pois todo mundo que entra no nosso apartamento sempre olha para o espelho com interesse.

— Sim.

Depois de um instante, lembrei-me de que parte considerável dos livros pertencia a Brigitte, uma leitora voraz de literatura policial, então me corrigi:

— Todos os livros em árabe são meus e parte dos livros franceses é da minha esposa.

— Gosto de livros em árabe.

Disse isso enquanto continuava olhando para dentro do apartamento. Então, acrescentou entusiasmada, como se quisesse reforçar o que tinha dito:

— Gosto muito.

Notei, naquele momento, que ela acabara de pintar o cabelo. Era evidente que não tinha ido ao cabeleireiro e que tingira ela mesma em casa. Aparentemente não tinha tido muito sucesso, pois alguns fios continuavam brancos. E em alguns pontos a tinta parecia mais escura.

— Posso vê-los?

Hesitei brevemente antes de permitir que entrasse. Eu me perguntei se deveria fechar a porta quando ela passasse para a sala. Fechar a porta quando se está com uma mulher pode dar a entender que você queira ficar a sós com ela. E esse *ficar a sós* já é em si um indicativo do que pode acontecer entre um homem e uma mulher num ambiente fechado. Temendo que ocorresse qualquer mal-entendido entre nós — mesmo afastando essa possibilidade —, deixei a porta aberta.

Eu estava certo de que esse pedido para ver os livros de perto não era uma desculpa para entrar na minha casa por curiosidade, bisbilhotice ou qualquer outra intenção. Fiquei mais certo ainda quando ela atravessou a sala com rapidez, depois de deixar o balde em frente à porta do apartamento de madame Albert, e foi direto para a estante onde estavam os volumes. Em seguida, observou-os fixamente, como se visse livros pela primeira vez na vida. Então disse:

— Quantos livros! — E me perguntou, depois de um momento. — Você leu todos eles?

— Não, apenas alguns...

— Apenas alguns?

— Sim...

— Então por que os comprou?

— Para lê-los, obviamente, mas não consigo ler tudo de uma só vez.

Ela balançou a cabeça sem acreditar no que eu tinha dito e voltou a olhar os livros em árabe. Então perguntou, estendendo a mão em direção ao romance O *casamento de Zayn*, de Tayeb Salih:

— Posso pegar?

Assenti com a cabeça. Então ela começou a observar a imagem na capa. Eu tinha romances árabes, sim. Eu os comprei e li alguns depois de um dos meus colegas franceses me perguntar sobre literatura árabe. Eu conhecia um bom número de escritores árabes, mas não chegara a ler quase nada exceto seleções de textos obrigatórios nos livros do ensino médio. Raramente lia alguma coisa, e a maioria dos alunos era como eu. Depois de ingressar na universidade e focar na matemática, deixei de ler literatura completamente. Nos cursos de ciência, engenharia e medicina, acreditávamos que a literatura só interessava aos estudantes de letras e que dizia respeito apenas a eles. Contudo quando emigrei e comecei a ter contato com os franceses, descobri que a literatura diz respeito a todos, e que meus amigos da faculdade, e mais tarde meus colegas professores, respeitavam a literatura e os literatos, além de lerem romances. Depois de se casar,

Brigitte achava estranha minha falta de interesse pela literatura e sobretudo minha aversão à leitura. Por essa razão, comecei a ler.

— A foto é linda...
— Sim...
— Foi o escritor que tirou?
— Não.
— Então quem foi?
— Um fotógrafo.
— Qual é o título?
— O *casamento de Zayn*.

Abriu os olhos espantada e indagou:

— Zayn! O livro é sobre o casamento de Zayn, aquele que foi nosso presidente?
— Não. É uma *riwaya*.
— *Riwaya*! O que é uma *riwaya*?

Lembrei-me de que ela não tinha frequentado a escola, então expliquei:

— *Riwaya*... é uma *hikaya*, uma história.
— Se é uma *hikaya*, por que você não chama assim?
— No árabe popular dizemos *hikaya*, mas no árabe clássico dizemos *riwaya*.

Ela repetia a palavra *riwaya* diversas vezes como se praticasse sua pronúncia. Então perguntou:

— Árabe clássico é o que falam nos noticiários da televisão?
— Sim.
— Eu ouço as notícias às vezes, mas entendo muito pouco.

Naquele momento, recordei uma discussão que aconteceu certa vez entre mim e Brigitte sobre o árabe. No começo, ela escutava atentamente todas as respostas que eu dava às suas perguntas precisas acerca da língua árabe. Ela queria saber a diferença entre a língua popular e o árabe clássico. E quando entendeu que o clássico se aprendia na escola, passou a me contestar sempre que eu dizia que minha língua materna era o árabe clássico. Ela retrucava dizendo que a língua materna é aquela que o indivíduo aprende espontaneamente pela audição, e não na escola. Dessa forma, minha língua materna seria o árabe dialetal da Tunísia, e não o clássico.

Zuhra virou o livro lentamente, como se temesse rasgá-lo ou amassá-lo. Então o abriu com o máximo cuidado e começou a folheá-lo sem dizer nada. Naquele mesmo instante, enquanto eu a olhava inclinada, senti um desejo de esticar o pescoço na sua direção para ver o que aparecia do seu decote.

Atentei para o fato de a camisa ser um pouco mais larga na região do peito. Vacilei brevemente. E no instante em que pensei em fazer isso ela se endireitou, como se tivesse se dado conta da minha vontade. Esboçou um sorriso sagaz e perguntou:

— É difícil a profissão de professor na universidade?

Pensei em dizer que ela já tinha me perguntado isso assim que a conheci e ela soube que eu era professor universitário, e que eu já havia respondido. Mesmo assim, voltei a responder:

— Um pouco.

— Mas você é professor de quê? Madame Albert me disse, há alguns dias, que todo professor ensina uma coisa só.

— Sou professor de aritmética.

— Aritmética!

— Isso... aritmética.

Percebi que ela não sabia do que se tratava, então continuei:

— Ensino a fazer contas.

— Ah, agora entendi.

Enquanto eu cogitava a possibilidade de explicar o que significava a palavra "aritmética", ela disse:

— Vocês, professores, falam difícil, igual aos que apresentam o noticiário na televisão e no rádio.

Fiquei sem resposta e sorri. Ela continuou:

— Antes de conhecer você, nunca imaginei que os árabes na França poderiam ser grandes professores na universidade.

— Os árabes estão em todas as profissões.

Ela deu um passo na minha direção. Eu podia segurar sua mão apenas movendo o braço. Meu corpo sentiu um leve arrepio. Contudo rapidamente me contive ao me dar conta de que ela não tinha feito isso de propósito e de que essa aproximação não passava de mera coincidência. Para manter o controle, dei um passo para trás, me afastando. E falei:

— Existem árabes na França que são médicos, engenheiros, advogados.

— Sei que existem médicos árabes; meu filho tem um médico argelino... mas professor é a primeira vez...

Fechou o livro e o entregou na minha mão. Enquanto eu o devolvia à estante, deu dois passos em direção à janela e ficou olhando para fora. A janela dava para um pátio com um plátano enorme no centro. Assim que virou as costas para mim, do nada se inclinou um pouco, deixando seu traseiro à mostra. Não sei se o fez de propósito. Mas fiquei com os olhos fixos nele. Era a primeira vez que o via de verdade. Não era farto e redondo como eu esperava. Mas ainda assim era firme como seu peito.

— Preciso voltar ao apartamento de madame Albert — disse de repente, enquanto se dirigia à porta. — Pode ter acontecido alguma coisa.

Eu a segui. Quando saiu, permaneci parado na entrada do apartamento olhando para ela. Não queria deixá-la sozinha. Mas, assim que ergueu a mão para bater, a porta se abriu e madame Albert despontou, como se a estivesse esperando ali detrás. Zuhra recolheu o balde e avançou para dentro do apartamento.

5.

Na época em que comecei o jogo de sedução com Zuhra, a saúde de Brigitte começava a se debilitar. Às vezes, ela tossia convulsivamente de manhã cedo, me despertando. Isso não me incomodava, ainda que não tivesse dormido bem. Eu acariciava seus cabelos devagar, ou segurava sua mão, apertando os dedos de leve, ou ainda juntava meu corpo ao dela para manifestar meu carinho e para que ela sentisse que eu não a abandonava nos momentos mais difíceis. Além da tosse, passou a sentir dor nas costas, pois a coluna — como explicou o médico — não estava mais reta como devia. Suas pernas também começaram a inchar levemente toda vez que fazia calor. Em outros momentos, Brigitte tinha queda de pressão, perdendo a consciência imediatamente depois de acordar de manhã. Por sorte, não passava de um rápido desmaio, não durava mais do que alguns segundos.

Eu também sofro de dores nas costas e de inchaço nas pernas; afinal, já estamos no fim da vida. Nosso corpo está envelhecendo e as doenças começam a ficar à espreita. E, no caso de Brigitte, o que complicava era ela ser relativamente obesa. Mas nunca considerei isso um defeito. Não acredito no padrão de beleza feminina que circula por aí, que exalta a magreza. Adoro passar a mão no seu corpo e não sentir nenhum osso, apenas a carne macia.

A piora da saúde de Brigitte foi o que me levou a pensar pela primeira vez em pedir que Zuhra a ajudasse nos seus afazeres. Já tínhamos conversado sobre a possibilidade de ter uma empregada para limpar a casa de tempos em tempos, mas nunca levamos o assunto adiante, mesmo com nossa situação financeira permitindo essa despesa. Brigitte não se animou muito com a ideia. Ela não queria que uma estranha entrasse no mundo privado do seu lar, sobretudo para lavar as roupas, passá-las e guardá-las no armário. A lavagem não era o problema, pois tínhamos máquina de lavar. E ela não se cansava de passar. Parecia que ela sentia, em passar, o mesmo prazer que eu tinha em varrer.

Mas, dessa vez, ela não refutou a ideia. O que me surpreendeu foi que não fez qualquer objeção quando sugeri que contratássemos Zuhra. Pelo contrário, ela aceitou imediatamente, como se fosse óbvio. Ela considerava Zuhra educada, limpa, gentil e esperta. E Brigitte me revelou algo que nunca me dissera antes: que a achava bonita. "Ela é bonita e sem dúvida foi atraente quando jovem", comentou, depois que concordamos em chamá-la.

Brigitte gosta da beleza árabe, de homens e mulheres. Gosta da pele morena e dos olhos pretos e grandes. Houve uma época, quando ainda viajávamos à Tunísia, durante nossos passeios pelas cidades, em que ela não parava de chamar minha atenção para o rosto das pessoas, que considerava extremamente belos. "Por que você se casou comigo, uma francesa de pele branca como leite e os olhos minúsculos como os de uma gata velha, se existiam todas essas mulheres lindas na Tunísia? Se eu fosse homem, só aceitaria me casar com uma tunisiana", ela indagava em tom jocoso de vez em quando.

Brigitte exagerava, naturalmente. E o que ela dizia, tanto sobre si como sobre Zuhra, não era verdade em absoluto. Sua pele não era tão branca assim; era reluzente e macia feito seda. Seus olhos não eram minúsculos, fora que a cor verde os deixava ainda mais bonitos, sobretudo quando ela os pintava.

Quanto a Zuhra, pode-se dizer que era atraente, e o que mais chamava a atenção nela era o corpo, que não tinha despencado.

Concordamos facilmente sobre as tarefas que pediríamos a Zuhra: varrer o chão e lavá-lo, tirar o pó dos móveis, dos livros, dos enfeites e das porcelanas. E para que seu trabalho não incomodasse nossa rotina ou mudasse nosso ritmo, definimos algumas regras e instruções precisas. Ela viria apenas uma vez por semana, na manhã de terça-feira, um dia em que não trabalho. Assim, afastamos a possibilidade de lhe dar as chaves do apartamento para vir quando bem entendesse quando estivéssemos fora de casa, ainda que confiássemos nela plenamente. E ela teria que fazer o serviço em duas horas. Também definimos o valor que pagaríamos. Tenho que reconhecer que Brigitte nesse ponto foi muito mais generosa do que eu, de modo que conseguiu me convencer de pagarmos um valor que era o dobro do que propus inicialmente, por conta do custo de vida em Paris.

Fiz a proposta a Zuhra e, ao contrário do que eu esperava, ela não aceitou de imediato. Pediu um tempo para pensar, pois estava trabalhando em muitas casas. Contudo o que me surpreendeu foi ela ter dito que trataria do assunto com o marido, pois era melhor saber se ele aceitaria. Eu achava que ela era completamente livre nesse quesito. Mais tarde, vim a saber que ela o consultava a respeito de tudo que precisaria fazer na casa dos outros, uma vez que ele não queria que ela trabalhasse em qualquer casa. Ele preferia que Zuhra trabalhasse na casa de viúvas, idosas divorciadas ou que nunca se casaram, como madame Albert. Brigitte também foi pega de surpresa pela resposta de Zuhra. "Ela vai perguntar para o marido!?", reagiu com espanto. "Impressionante! Como pode pedir a opinião de um homem que não cuida da própria aparência? Para que serve um homem que não sabe nem pentear o cabelo? Se eu estivesse no lugar dela, já teria me separado há muito tempo." Não sabia que Brigitte tinha uma imagem tão horrível assim de Mansur. Foi a primeira vez que eu a ouvi falando mal desse jeito de um morador do prédio.

Comecei então a encontrar Zuhra na minha casa uma vez por semana; passávamos duas horas juntos. Eu com ela e ela comigo, a sós. Sem Brigitte, sem o marido dela, sem o filho, sem nenhum dos moradores do prédio presenciando nossos encontros. No início, não foi fácil, pois todos os encontros anteriores haviam se dado do lado de fora, num lugar público ou na presença de outras pessoas. Eu não parava de pensar no que estaria passando na cabeça dela; com certeza o mesmo que se passava na minha, e o que geralmente passa na cabeça de todo homem e toda mulher quando estão a sós, sobretudo quando se está envolvido num jogo de sedução como nós estávamos.

Chamou minha atenção o fato de ela não usar roupas provocantes nem passar maquiagem quando vinha trabalhar. Eu me perguntava às vezes se ela não estaria descuidando da aparência de propósito, vestindo roupas largas e longas antes de vir para minha casa. Também notei que deixou de fazer tudo aquilo que fazia, de tempos em tempos, desde que começamos esse jogo. Todos aqueles olhares, gestos, sons e sorrisos femininos desapareceram completamente. Contudo permaneceu educada e gentil como de costume. Estava claro que ela queria que eu compreendesse que trabalho é trabalho, e que não deveríamos confundi-lo com nosso jogo secreto.

Nos primeiros dias, eu não fechava a porta por completo. Eu a deixava levemente aberta. E como minha presença a deixava desconfortável, eu demorava bastante quando saía para pegar as cartas ou pôr o lixo nos latões no pátio. Passava um bom tempo na cozinha quando ela limpava a sala, onde eu costumava ficar. Outras vezes me metia no quarto e me trancava lá dentro. Deitava na cama e ficava folheando as revistas de Brigitte, ou ouvindo música. Ficava lá até que Zuhra terminasse o serviço. Queria que ela sentisse a mais plena segurança dentro da minha casa.

Ela mal entrava e já se punha a trabalhar, depois de me cumprimentar de modo breve e frio. Estava claro que ela gostava do seu trabalho e queria executá-lo com perfeição. Depois, só falava comigo para fazer perguntas ou pedir explicações sobre algo relacionado à faxina. Rejeitava tudo que eu oferecia: chá, café, suco. A única coisa que aceitava de mim era um copo de água mineral quando estava com sede. Eu mal entregava o copo e ela já o entornava, esbaforida. "Deus tenha seus pais em bom lugar", dizia sempre em sinal de gratidão, sem me encarar, e voltava ao trabalho na mesma hora. Eu nunca insistia, ainda que notasse que ela exagerava na moderação. E, na verdade, até então eu também tinha o cuidado de manter essa distância entre nós. Temia estar desfrutando o dia com ela e acabar deixando escapar algo, ou tomar alguma atitude da qual me arrependeria mais tarde.

Com o passar do tempo, fomos nos acostumando um com a presença do outro, e a distância entre mim e ela diminuía. Ela ficava cada vez mais espontânea no seu modo de agir. Acho que sentia mais segurança em mim. Eu também fiquei mais tranquilo na sua presença. Quando ela queria descansar um pouco — sugestão minha ao vê-la exausta —, passou a vir à sala *assistir* aos livros, como ela dizia, ou a ver televisão se estivesse ligada. Também começou a aceitar tudo que eu lhe oferecia para beber, de modo que percebi que isso a deixava feliz; não pela bebida em si, mas pelo gesto de consideração e respeito, como eu concluí. Eu também sentia satisfação em lhe oferecer bebidas. Mais tarde, passou a me perguntar sobre minha profissão, sobre os alunos e a universidade; às vezes ia mais longe, indagando sobre minhas origens e minha família na Tunísia. Num segundo momento, ela me perguntou sobre Brigitte; foi quando descobri como ela a respeitava, para não falar em como admirava sua conduta. Apesar de achar algumas das perguntas constrangedoras e intrusivas de certa forma, eu não hesitava em respondê-las, pois estava certo de que essas perguntas eram motivadas por simples curiosidade e nada mais. Nunca senti que ela estava bisbilhotando ou metendo o nariz na minha vida privada.

Jamais a incentivei a falar da sua vida, ainda que quisesse saber sobre seu passado. Foi ela que começou por conta própria e num momento em que eu não esperava. Creio que o fato de se sentir segura comigo e de eu responder às suas perguntas com sinceridade, sem titubear, a encorajou. Desde os primeiros momentos, eu me dei conta de que Zuhra tinha o dom de contar histórias, algo que aparentemente me faltava. Por essa razão, Brigitte sempre me dizia, depois de eu narrar alguma coisa, que eu não sabia contar. Também considerei que ela não era do tipo que esconde o passado por timidez ou vergonha.

Zuhra não passou mais do que os primeiros anos da infância num vilarejo nos arredores de Ghomrassen, no sul da Tunísia, onde nasceu. Seu pai era pobre como muitos dos habitantes locais, mas se diferenciava deles em algo essencial: era o único que não possuía um pedaço de terra nem oliveiras para garantir o mínimo de subsistência; tampouco tinha vacas ou carneiros para vender, caso precisasse. Tudo o que tinha eram alguns coelhos, umas poucas galinhas e a casa velha da família caindo aos pedaços, que fora abandonada pelos irmãos. Por isso, ele deixou o vilarejo e partiu rumo à capital com a família. Eram ela e mais quatro: o pai, a mãe, a irmã um ano mais velha e o irmão dois anos mais novo. Viviam todos juntos num único cômodo no bairro popular de Djebel Lahmar. Ainda pequena, Zuhra começou a trabalhar com a irmã como empregada doméstica no bairro de El Menzah, um dos mais sofisticados de Túnis naqueles dias. Ao mesmo tempo, sua mãe queria que as filhas entrassem na escola, bem como o caçula. Naquela época, famílias de bairros populares começaram a matricular as meninas na escola, pois havia incentivo do Estado. Bourguiba falava disso na maioria dos seus discursos. Contudo o pai não aceitou a ideia. Ele não dispunha de dinheiro para manter três filhos estudando; além disso, tinha grande necessidade do que as duas ganhavam como empregadas domésticas, pois os bicos que ele fazia não rendiam o suficiente para sustentar toda a família.

Até então, Zuhra não sabia nada sobre emigrar para a Europa. Tudo que sabia era que uma família da vizinhança tinha um filho que trabalhava na Bélgica e ia passar as férias de verão na Tunísia. Ele tinha muito dinheiro, levava roupas elegantes e presentes para todos os familiares, que por sua vez os ostentavam no bairro. A coisa mais bonita era o carro de luxo dele, que ela jamais vira igual. Alguns diziam que era mais caro do que os carros dos ministros que apareciam na televisão.

Foi por puro acaso que ela emigrou. Certo dia, conheceu em El Menzah uma empregada mais velha e mais experiente. Gostava dela, pois era amável e gentil, sempre disposta a ajudá-la, ao contrário de tantas empregadas domésticas. Foi ela que lhe ensinou muitas coisas que desconhecia. E foi ela que lhe aconselhou ir para a França trabalhar. Contou que as mulheres árabes conseguiam trabalho com muita facilidade na casa dos franceses; que na França havia muitas velhas ricas que viviam sozinhas e precisam de ajuda, pois seus filhos e filhas as tinham abandonado. Também contou que o salário de uma empregada doméstica lá era maior do que o de um professor na Tunísia. E por isso os franceses não desprezavam as empregadas como na Tunísia, mas as tratavam com respeito.

A partir daquele momento, o sonho de emigrar não saiu mais da sua cabeça. Nunca o deixou ao longo dos anos que seguiu trabalhando como empregada doméstica. Quando cresceu e já podia viajar sozinha, um funcionário estatal, para quem ela trabalhava, a ajudou a tirar o passaporte.

Poucos meses depois, encontrava-se em Marselha, apesar de não ter escolhido essa cidade como destino. Viajar de avião era muito caro naqueles tempos, então tomou um barco e desembarcou na primeira cidade em que atracaram.

Passou ali poucos meses. A vida era difícil. Apesar disso, não se desesperou nem se arrependeu. Depois de muito esforço, conseguiu se adaptar. Ela não gostou de Marselha, pois havia muitos árabes e africanos. Nunca tinha imaginado que a França era tão cheia de imigrantes, com tantos homens desrespeitosos e violentos, de comportamento estranho, sobretudo com as árabes. Além disso, não era fácil encontrar trabalho, tamanha a concorrência. Por isso, decidiu ir para Paris, onde fixou residência e se casou depois de um tempo. Um fato colaborou para que seu sonho se tornasse realidade: a morte do pai. Se estivesse vivo, ele não teria permitido que viajasse sozinha para a França, e ela tampouco teria ousado desafiá-lo.

Era a primeira mulher do seu bairro que emigrava para a França. Não enfrentou resistência nem da mãe, nem da irmã mais velha, nem do irmão, que, apesar da pouca idade, havia se tornado o chefe da família. Obviamente as pessoas estranharam tudo isso, pois não viajava em companhia de um marido, de um noivo ou de algum familiar, mas sim sozinha. Naquele tempo, a França parecia um país perigoso e difícil. Ouviam-se muitas notícias e histórias de crime e corrupção, mas também de tentações mundanas e sobretudo da frivolidade das mulheres. Num dado momento, um invejoso fez circular rumores de seu comportamento no exterior, e o mais absurdo deles foi que ela se casara com um francês que odiava árabes e muçulmanos. Felizmente, a maioria dos moradores do bairro não lhe deu ouvidos.

    Nunca fiquei entediado com as histórias da sua chegada. Pelo contrário, eu achava prazeroso escutá-la falando do passado distante no seu dialeto tunisiano. Quanto mais sabia sobre seu passado, mais gostava dela.

6.

— Quero que me ensine a ler e escrever em árabe — disse Zuhra do nada certa manhã, enquanto tirava, compenetrada, o pó do televisor.

Eu estava sentado no sofá da sala observando-a trabalhar com zelo, como de costume.

— Você é professor e tunisiano... Quem melhor do que você? Meu filho, Karim, sabe o árabe que aprendeu na mesquita quando pequeno, mas seu nível é muito fraco, não tenho como depender dele.

Fiquei surpreso com o pedido. Esperava que requisitasse qualquer coisa naquela época, menos ensinar a ler e escrever. A determinação e a força de vontade no seu tom chamaram minha atenção. Não titubeei e concordei na mesma hora. Não podia me abster de atender a um pedido tão nobre, ainda mais vindo de uma mulher como Zuhra. Seu rosto corou. Dava para ver como também foi pega de surpresa por eu ter aceitado tão rápido.

Depois de um breve instante, eu me perguntei se não teria me precipitado, me comprometendo com algo que fugia da minha competência. Não é nada fácil ensinar um analfabeto a ler, sobretudo em idade avançada, como era o caso de Zuhra. Tudo bem que sou professor, mas de matemática e universitário! Não leciono árabe para a educação básica. Além do mais, não conheço a pedagogia necessária para ensinar principiantes. Já tinha percebido isso anos atrás, quando comecei a ensinar árabe ao meu filho, Sami. Eu estava muito animado no começo, mas depois de um tempo paguei um professor particular para completar a missão. Desejava dizer tudo isso desde o começo, para não a frustrar caso não obtivesse os resultados desejados. Contudo me calei. Fiquei com medo de desconstruir a imagem de grande professor que Zuhra tinha de mim, então não falei nada. Também não queria parecer um egoísta que não ajuda os outros quando precisam.

— Eu posso pagar — continuou, confiante.
— Pagar?! Pagar o quê?
— O valor da aula.

Deixei escapar uma risada e disse com certo deboche:
— Pagar minha aula? Você não vai pagar nada.

Então ela parou de trabalhar e se virou para mim, com uma leve expressão de desgosto; olhou para o teto como se procurasse o que iria me dizer.

— E por que não posso pagar?

Naquele instante, percebi que a tinha magoado.
— Não sou miserável. Tenho dinheiro.

Assenti com a cabeça para tentar corrigir meu erro.
— Não quis insinuar isso... não foi...

Ela me interrompeu com calma:
— Não vou aceitar que me ensine de graça. Ninguém aceita trabalhar por nada. Respeito todos para quem trabalhei. Faço o serviço da melhor forma possível, mas também defendo meus direitos. Não aceito que ninguém me explore. Meus direitos são sagrados e a injustiça é algo odioso; a religião a condena. Peço apenas uma coisa se quiser me ajudar, uma única coisa.

Ficou em silêncio e me olhou fixamente no rosto.
— E o que é?
— Que leve em consideração minhas condições.

Seu lábio inferior tremia quando ficava nervosa. Foi a primeira vez que percebi isso.

— Sei que é um grande professor e que vai dedicar um tempo a me ensinar. A verdade é que você vale muito, mas minha condição financeira não me permite pagar um valor muito alto.

Na mesma hora, concordei com a cabeça. Fiquei um pouco tenso quando pensei de novo na difícil tarefa que ela queria que eu executasse.

Se eu não cobrasse, ficaria mais relaxado caso os resultados não fossem satisfatórios. Agora, se recebesse algo, obrigatoriamente precisaria ter sucesso. E isso não era garantido, pois não dependia só de mim e do meu método de ensino, mas também de Zuhra e da sua predisposição em aprender rápido. Eu sabia que ela era inteligente, mas a energia para adquirir novas habilidades diminui muito com a idade.

Em outra ocasião, eu falei que tinha pensado muito no assunto e que decidira não cobrar nada. Ela continuou insistindo no seu ponto por mais algumas semanas. No entanto, quando ela viu que eu não voltaria atrás, decidiu abrir mão de me pagar. Sem demora, Zuhra me fez compreender que me ofereceria faxinas no futuro para compensar. Claro que avisei Brigitte. Afinal, não tinha como manter uma questão dessas em segredo. E, de qualquer forma, eu não tinha motivo para esconder.

Brigitte se alegrou com a novidade, embora tenha estranhado. Não esperava que Zuhra fosse me pedir algo desse tipo. Nem esperava que eu fosse aceitar a tarefa com tanta facilidade, pois ela se lembrava das dificuldades que enfrentei quando tentei ensinar árabe ao nosso filho, já que não há escolas para isso no nosso bairro e não queríamos mandá-lo para longe de casa, por ser muito pequeno. Ela comentou ter gostado da minha atitude e que considerava isso um trabalho nobre e humanitário, ainda mais porque recusei receber qualquer pagamento desde o início. Elogiou também a força de vontade de Zuhra e o desejo de aprender nessa idade, considerando também todas as casas em que trabalhava diariamente para ganhar seu sustento.

Para retribuir a gentileza, como se diz, Zuhra passou a ficar mais tempo limpando a casa, às vezes muito mais do que duas horas. Isso quando não vinha com pratos típicos do tipo que não se vê com tanta facilidade nos restaurantes tunisianos que frequento em Paris, como a mulukhiya ou o mermez. Seus dotes culinários não eram uma surpresa para mim. Eu me deleitava com esses pratos. A melhor parte é que eu devorava tudo sozinho, pois Brigitte só gostava de um ou outro prato tunisiano, como cuscuz com peixe e salada de pimentão grelhado.

Zuhra contou tudo a Mansur, seu marido.

Ele também não tinha aprendido a ler e escrever em árabe, pois não frequentou escolas corânicas nem escolas normais quando estava na Tunísia, já que não existiam na sua região. Havia uma única escola corânica muito longe da sua casa. Mansur sabia um pouco de francês, que aprendera com colegas franceses nos tempos em que trabalhava na fábrica automotiva da Renault. No início, ela tentou manter o assunto em segredo, não sei por quê. Contudo, quando ele percebeu que ela passava mais tempo na minha casa do que antes, decidiu contar tudo, para tranquilizá-lo.

Mansur não demonstrou nenhum entusiasmo com a notícia, que o pegou completamente de surpresa. Achou tudo muito estranho. Não foram necessários muitos dias para ele exigir que Zuhra deixasse de estudar. O homem tinha receio de que aquilo gastasse a energia e o tempo dela, resultando em menos faxinas, o que acarretaria queda da renda familiar. Porém Zuhra não deu o braço a torcer. Era a primeira vez que ela o desafiava abertamente. Tinha ousadia o bastante para enfrentá-lo. No fim, ele cedeu e aceitou a situação a contragosto.

    As aulas aconteciam no meu apartamento no dia em que ela vinha limpar a casa, logo depois de terminar o trabalho. Mas não duravam muito.

    Ela aprendeu rápido a escrever e pronunciar as letras. Depois, passou para as palavras. Eu tinha os livros de árabe que encomendara da Tunísia para ensinar Sami. Tirei-os das caixas nas quais guardava todos os livros que Brigitte e eu não tínhamos mais necessidade de ler.

    Fazia muito tempo que não os abria, estavam velhos; as margens, carcomidas; as páginas e as capas, amareladas. As ilustrações e os desenhos tinham as cores desbotadas, estranhas, e já não eram bonitas. Fiquei com receio de que fosse um empecilho e esmorecesse a empolgação de Zuhra. No entanto o que aconteceu foi o contrário: ela adorou os livros velhos, que eram como aqueles da sua infância expostos nas vitrines das livrarias na Tunísia. Ela fazia comentários sobre a caligrafia que não me lembro de terem passado pela minha cabeça quando eu era pequeno e estava aprendendo a escrever, tampouco quando ensinei meu filho mais tarde. E o mais divertido nas suas observações era sobre o modo de escrever a maioria das letras em final de palavra. Ela ficava radiante de felicidade quando eu pedia que as praticasse e gostava do traço caído e arredondado da última letra da palavra. Enquanto a desenhava, ela dizia: "Agora, sim, a palavra está completa: a gente tem que fechar a porta para ela ficar dentro de casa". Ela gostava também da letra *taa' marbuta* (ö) e dizia: "Agora a gente amarra ela que nem uma camela ou uma vaca, para não fugir". Tinha afeto pela *hamza* (ء) quando era escrita sobre a linha no final da palavra. "Pobrezinha", lamentava, "ela é tão pequena e não tem nada para proteger suas costas; a gente não pode deixar ela assim sozinha ao relento." Sua vontade era que a desenhássemos como uma *nun* (ن) ou uma *haa'* (ح), para ficar segura. Gostava dos três pontos na letra *thaa'* (ث) e se perguntava sobre a sabedoria por trás da escrita dos pontos na forma de um triângulo.

Só as letras já eram fonte de muitas sensações, questionamentos e analogias. Ela gostava de algumas e odiava outras. Falava delas como se não fossem meros sons e formas, mas seres vivos cujas formas ela imaginava. Gostava das letras *baa'* (ب), *haa'*, *'ayn* (ع) e *saad* (ص) e sobretudo das letras *mim* (م) e *nun*. Na maioria das vezes, ela as pronunciava em voz alta, como se quisesse desfrutar mais da articulação desses sons. Ela sempre sorria ao pronunciar *baa'*, imaginando-a como um carneirinho. A letra *'ayn* era uma linda noiva. Já a *haa'* era vista como gentil e educada, sempre imaginada como uma borboleta. E era apaixonada, na forma e no som, pela letra *nun*: "Eu me sinto relaxada e tranquila quando falo essa letra. Fico imaginando um homem calmo e sábio com uma barba branca bem cheia", revelava.

Já as letras de que não gostava eram: *ha* (ه), *waw* (و), *taa'* (ط), *zaa'* (ظ) e *yaa'* (ي). Dizia que a *ha* era uma velha malvada, que sua forma era estranha. Era uma das letras cujo traço não dominava, sobretudo se aparecia no meio da palavra. Já a *zaa'* era como mais um andarilho entre tantos que se encontram nas ruas de Paris e nos parques públicos. A *waw*, para ela, era um homem grosseiro, de grande estatura, ombros largos e musculoso, que se irritava com facilidade e batia nos filhos continuamente, sem poupar a esposa, com um cinto de couro na mão, assim como fazem os alcoólatras que viram notícia na televisão.

Outras letras eram alvo de estranhamento: a *kaf* (ك), por exemplo. "O que significa *kaf*? Por que a chamam assim? Por acaso ninguém sabe que existe uma cidade inteira no norte da Tunísia que se chama Kaf? E a *chin* (ش)? De onde tiraram esse nome curioso? Por que deram o nome de um país tão distante, lá na Ásia, para uma letra árabe? E a *zay* (ز)? O que significa o nome dela? Só ouvi esse nome nos filmes egípcios. Se eu estivesse no lugar de quem criou as letras, já teria apagado todas aquelas que são más e estranhas e teria posto no seu lugar letras bonitas como a *nun*. Eu amo o árabe. E gostaria que ele fosse a língua mais bonita do mundo."

7.

Poucas semanas depois que comecei a alfabetizar Zuhra, percebi um sentimento que se formava dentro de mim de um jeito extremamente lento. Um sentimento prazeroso, cuja natureza ou causa eu não era capaz de definir. Imaginei se tratar de um desses sentimentos efêmeros que me invadem de tempos em tempos, assim como sonhos bonitos que nos entorpecem por alguns instantes antes de se dissiparem. No entanto essa sensação não desapareceu, mas foi aumentando com o passar do tempo.

Zuhra voltou a cuidar da aparência desde que começou a aprender a ler e escrever. É verdade que ainda ia trabalhar sem maquiagem, mas tratava de pentear o cabelo cuidadosamente. Também parecia que tomava mais banhos do que antes. As roupas largas e longas foram deixadas de lado e trocadas por outras mais adequadas ao formato do seu corpo, porém sem destacar o que ainda havia de curvas. Notei também que estava sempre cheirosa, o que me fez imaginar que passava perfume pouco antes de terminar o trabalho e começar a aula.

Sentava-se ao meu lado na mesa da sala na hora da aula, a uma distância muito curta, não mais do que dois palmos. Às vezes nossos braços e pés se tocavam quando nos mexíamos. Certo dia, enquanto eu olhava disfarçadamente para uma mecha do seu cabelo, que balançava quando se abaixou para pegar o lápis que caíra da sua mão, senti que aquele jogo de sedução inocente entre mim e ela passou a ser algo mais forte, e logo compreendi que aquela sensação gostosa que minava dentro de mim havia algum tempo era amor. Sim, amor, meu Deus... Estava apaixonado pela vizinha, Zuhra! Por um longo instante, não pude acreditar no que sentia, depois fui invadido por perguntas. Como pôde acontecer comigo? Por acaso eu não tinha sido extremamente cuidadoso ao interagir com Zuhra desde que comecei a me interessar por ela? Não era eu que pensava estar em pleno controle desse jogo, segurando cada um dos seus fios? Com certeza exagerei na autoconfiança. Seria eu tão fraco assim? Ou o amor que era forte o bastante a ponto de me arrastar sem que eu percebesse sua chegada?

Talvez a razão de tudo o que aconteceu comigo tenha sido a idade. Lembrei-me de que, certa vez, li num número antigo de uma revista feminina que Brigitte guardava, que alguns homens da minha idade são possuídos durante alguns anos por um forte desejo de amar e fazer sexo ao mesmo tempo, antes que seus corpos se deteriorem e a libido acabe. Exatamente como a brasa que se mantém incandescente por alguns segundos antes de apagar. Quem sabe eu faça parte dessa espécie de homens!

Estava transtornado, de modo que não conseguia mais me concentrar. Levantei-me e fui até a cozinha. Tomei um copo de água fresca. Ao voltar, percebi que eu não queria mais continuar a aula. Fiz cara de cansado. Zuhra não demorou para notar.

Juntou seu lápis, seus papéis, despediu-se e se levantou. Não pedi desculpas, não disse uma só palavra. Permaneci olhando-a de soslaio até que deixasse o apartamento.

Mais aliviado, queria ficar sozinho para entender a questão com calma e tentar compreender o que acontecera comigo. No mesmo instante, tranquei a porta e fui para o quarto. Deitei-me na cama e fechei os olhos. Comecei a reviver na minha memória todas as cenas dos encontros, conversas e gestos entre nós dois desde que soube que Zuhra era tunisiana. Queria descobrir se havia algo, ainda que distante, que sugeriria que um dia eu viria a me apaixonar por essa mulher.

Depois pensei em Brigitte. Nunca a traí. Isso nunca passou pela minha cabeça. Olhe eu aqui a traindo, de certa forma. E com quem?! Com a empregada! Se eu tivesse coragem e contasse para ela, Brigitte não acreditaria. É possível que debochasse de mim e pedisse para eu me esmerar mais da próxima vez que contasse uma história dessas, para ser mais convincente. É o que ela me diz quando lhe conto causos curiosos.

A segunda pessoa em que pensei depois de Brigitte foi Mansur. Não notei nenhuma mudança de comportamento nele desde que Zuhra começou a trabalhar na nossa casa, ou mesmo desde que começou a aprender a ler e escrever comigo. Continuou me cumprimentando como de costume, exatamente da mesma forma como fazia quando nos encontrávamos na entrada do edifício. Nunca passaria pela cabeça dele que eu estivesse apaixonado por Zuhra. Também não poderia imaginar que sua mulher é atraente para os homens nessa idade, sobretudo em se tratando de homens da minha posição e do mesmo país, vivendo no mesmo prédio e num apartamento a poucos passos de distância do dele.

Comecei a imaginar sua reação se descobrisse que estou apaixonado por sua esposa. Com certeza ficaria chocado. Uma notícia dessas é para destruir qualquer homem, é para tirá-lo do sério. Ele poderia vir para cima de mim, na melhor das hipóteses, e começar uma briga na frente de todos, tornando-me alvo de um escândalo enorme no prédio, com repercussões terríveis para mim e para minha relação com Brigitte, que, por sua vez, sofreria demais e poderia acabar se separando de mim. Ele daria uma surra em Zuhra sem dó. Se não se divorciasse dela por algum motivo, ordenaria de uma vez por todas que deixasse de trabalhar na nossa casa na mesma hora, e obviamente abrisse mão de aprender a ler e escrever. E ela obedeceria, pois não é permitido à mulher desafiar o marido diante dos olhos e ouvidos de todos, mesmo que não tenha nenhuma culpa.

Na época, eu não tinha a mínima ideia sobre a natureza dos sentimentos que um nutria pelo outro, muito menos sua profundidade. Não sabia se ainda havia amor entre os dois, mas me perguntava, de vez em quando, se já tinham se amado algum dia. Muitos imigrantes se casam sem amar um ao outro. São as circunstâncias e os interesses que os impelem. Nunca aconteceu de Zuhra sequer mencionar a respeito do seu amor por Mansur ou de como se conheceram, quando me contava como partiu e se estabeleceu na França. O que eu sabia sobre os dois era o mesmo que todo mundo: eram casados e ponto-final. No entanto eu tendia a acreditar — com base no que dizia minha intuição e no que eu observava em seu comportamento — que havia algo de errado na relação deles. Haveria alguma ligação entre essa coisa que não estava certa e a falta de cuidado do seu marido com a própria aparência? Não afasto essa possibilidade. As aparências enganam, como costuma dizer Brigitte sempre que entramos no assunto relacionamento. Ninguém é capaz de saber exatamente o que se passa entre o casal. Não há nada mais obscuro, estranho e instável no universo das relações humanas do que o relacionamento entre homem e mulher.

Não dava mais para ficar em casa sozinho. Então imaginei que Brigitte estava ao meu lado e comecei a conversar. Essa era minha estratégia quando a solidão apertava. Não falei de Zuhra nem do meu amor por ela. Falei dos impostos que não paravam de subir e de outras questões da casa, coisas que cansamos de discutir e sobre as quais acabávamos divergindo, como de costume: trocar as cortinas por outras mais simples e mais bonitas; comprar um tapete maior para a sala, já que o atual está com as bordas puídas de tão velho; trocar o encanamento do banheiro, que exala um mau cheiro vez ou outra.

Contudo conversar com uma Brigitte imaginária não surtiu efeito; então decidi sair. Eu precisava respirar ar frio para refrescar a cabeça. Precisava caminhar uma longa distância para conseguir controlar todos aqueles sentimentos contraditórios. É verdade que ainda não estava na hora da minha caminhada diária, mas eu não tinha alternativa. Senti alegria ao encontrar a calçada relativamente vazia. Uma das coisas que acho mais lindas em Paris são as calçadas largas. Gosto porque me permitem alongar o passo quanto quiser, mantendo certo ritmo sem ser obrigado a reduzir a velocidade, ou acelerar um pouco, ou parar brevemente para evitar trombar com outro pedestre, ou dar passagem para idosos.

Segui caminhando até cansar. Entrei no primeiro café que vi. Estava vazio, a não ser por três homens numa mesa próxima à entrada e uma moça que estava em outra mesa, compenetrada na leitura de um livro; havia ainda outra mulher em pé junto ao balcão, tomando cerveja. Achei estranho que o lugar estivesse vazio. A maioria dos cafés estaria lotada a uma hora dessas. O ambiente era bonito, bastante limpo e organizado.

De início, não prestei muita atenção na mulher, embora tivesse me sentado numa mesa não muito distante do balcão. Mas, quando a olhei mais uma vez, me veio à cabeça que, de certa forma, ela se parecia com Brigitte. Não só de corpo, mas de rosto também, ainda que sua pele fosse morena e seus olhos não fossem verdes como os da minha esposa. Tentei parar de pensar naquilo e me concentrar em outras coisas, mas não tive sucesso. Fiquei lançando olhares furtivos na sua direção a todo momento.

O que aconteceu em seguida me deixou de boca aberta. De repente, ela se virou para mim e me encarou fixamente, depois sorriu antes de me dar as costas, de uma forma que me fez cogitar se não se tratava de uma prostituta. Nada na aparência ou na maquiagem indicava isso. Pelo contrário, ela parecia distinta. Mas, ao sorrir para mim pela segunda vez, não deixou dúvidas. Então pensei, enquanto me virava em direção à rua para evitar olhá-la: era só o que me faltava nesta manhã!

Depois de alguns instantes, notei que ela abandonara o balcão e se sentara numa mesa que não estava nem a dois metros da minha. Era óbvio que havia decidido me fisgar. Sem dúvida ela deduziu, a partir da minha aparência e das minhas roupas, que eu era um bom cliente. Ou quem sabe a falta de clientes no café fez com que fosse mais ousada. Agora conseguia vê-la instantaneamente com um simples movimento para a direita. Não quis dar as costas a ela nem mudar de mesa. Tive medo de magoá-la ao fazer isso. É verdade que ela é uma prostituta, mas, como todo ser humano, merece respeito.

Temi também sua reação, que ela dissesse algo ou fizesse algum movimento que me deixaria mais tenso. Não sei o porquê, mas achei que era árabe. Cheguei a me perguntar por um instante se não seria tunisiana. Também existem prostitutas árabes na França.

Praticamente em todas as profissões na França encontramos árabes. Há médicos, engenheiros, advogados e professores árabes. Há também pedintes, ladrões e criminosos árabes, então por que não encontraríamos prostitutas árabes? É muito provável que ela soubesse que sou árabe. E talvez por esse motivo fosse tão ousada. Quem sabe sentia saudade de um cliente árabe.

Tentei recordar a última vez que me deitei com uma prostituta. Não consegui. Mas estava certo de que tinha sido na Tunísia, quando eu era estudante nos primeiros anos de universidade. Naquele tempo, era muito difícil fazer sexo com uma mulher sem ser casado. Na universidade havia estudantes mais liberais, mas eram poucas. Por isso, a maioria dos rapazes resolvia seus problemas de ordem sexual recorrendo a prostíbulos ou à masturbação.

Fui pego de surpresa quando voltei para casa e lá estava Brigitte. O tempo tinha passado depressa sem que eu me desse conta. Ela estava contente por ter terminado o trabalho antes e voltado para casa duas horas mais cedo. Ela adorava fazer isso de tempos em tempos, desde que o governo havia reduzido as horas de trabalho. E, para manifestar essa felicidade toda, preparava chá com bolo e ficava na sala. Ela gostava de consumir os dois juntos no fim da tarde, assim como gostávamos de tomar um vinhozinho antes do jantar aos sábados para comemorar o fim de semana. Nesse dia eu não estava com vontade de tomar nada. No entanto eu a acompanhei no chá, na esperança de que me ajudasse a diminuir o sentimento de culpa por causa do meu amor por Zuhra.

8.

Suspendi as aulas de árabe para Zuhra por algumas semanas, logo depois de me apaixonar por ela. E só as retomei quando alcancei o autocontrole. Zuhra não deixava transparecer nada que indicasse que ela tinha percebido o que acontecera comigo, ou pelo menos era o que eu imaginava. Vinha toda semana limpar a casa. E eu sempre encontrava uma desculpa para não dar aula: insônia, falta de tempo, ocupado com algo importante...

Zuhra foi ficando cada vez mais empolgada com as aulas. Essa interrupção repentina fez aumentar seu desejo de aprender. Depois de terminar de limpar a casa, costumávamos nos reunir na mesa da sala de jantar. Contudo eu não me sentava mais próximo como nas primeiras aulas, e sim do lado oposto ao dela.

Queria me distanciar o máximo possível, para que meu braço não tocasse o de Zuhra, ou nossos pés se esbarrassem, ou para não sentir seu cheiro. Não fiquei mais lançando olhares de canto de olho para seu peito nem para a parte descoberta dos seus braços, muito menos para suas axilas, enquanto estava imersa na escrita.

Também passei a ser menos espontâneo e mais precavido e frio, mas sem ser antipático. Ao mesmo tempo, estava atento para me manter educado como de costume, tratando-a com respeito. Num dado momento, essa precaução alcançou seu ápice, a ponto de contar o número de movimentos que eu fazia, pensando em cada palavra que saía da minha boca. Felizmente, essa fase durou muito pouco. Na verdade, eu não estava sendo honesto com esse comportamento.

Estava apenas fingindo, representando um papel. A precaução e a frieza não eram nada mais do que uma máscara para esconder meu amor por ela. Recorria a isso a fim de me resguardar e me proteger. Temia que ela se rendesse, num momento de fraqueza, ao chamado do prazer. Na realidade, eu tinha mais medo de mim mesmo do que de Zuhra.

Ao contrário do que eu esperava, Zuhra nunca fez comentário algum nem manifestou nada que revelasse estar incomodada com meu comportamento. De qualquer forma, pensei longamente na questão e encontrei o que deveria responder caso fosse questionado. Eu diria que tinha recebido más notícias sobre minha irmã que vivia no interior da Tunísia. Com certeza ela acreditaria em mim, pois nenhum imigrante duvida do que você diz quando se trata de más notícias vindas de longe sobre a família.

Fui tomado por uma alegria profunda quando percebi, pouco tempo depois, que meu amor por Zuhra não tomou o lugar do meu amor por Brigitte, que era o que eu mais temia. O amor não diminuiu nem um pouco. O mais bonito de tudo isso era viver os dois amores de coração, como se fosse algo muito natural. Obviamente havia uma grande diferença entre meu amor por Brigitte e meu amor por Zuhra. O primeiro era calmo, prudente e confortável, como qualquer amor que une um casal que vive junto há muitos anos, compartilhando tantas coisas, passando por tantos percalços e com um filho. Já o segundo era um amor inesperado, impulsivo e inquietante, que se parecia com o amor dos adolescentes.

Em grande medida, tive sucesso em superar minha prova. Lá estava eu, feito um rei. Tinha duas mulheres maravilhosas que eu amava, uma francesa e outra árabe. Nunca tinha passado pela minha cabeça que me encontraria, aos sessenta anos, numa situação esplêndida como aquela. Pouco importava se meu amor pela segunda era secreto, platônico. E devia permanecer assim. Era do meu interesse, e do de Zuhra também, para não dizer do interesse das nossas famílias, que esse amor não evoluísse e que se mantivesse casto e sigiloso.

Quanto ao jogo de sedução entre mim e Zuhra, isso já era outra coisa que não tinha relação com esse amor. Estava certo de que o jogo iria continuar paralelamente a esse sentimento, sem afetá-lo e sem se deixar afetar por ele. Já havia passado muito tempo desde seu início. E não trouxe riscos nem para mim, nem para Zuhra, pois ambos sabíamos que não passava de um simples jogo divertido praticado por duas pessoas de idade avançada, a fim de se distraírem. E quem sabe a fim de resistirem à velhice. Nós dois sabíamos também que esse jogo tinha limites que não podiam ser ultrapassados.

Não nego que desejei Zuhra, sobretudo no início do nosso envolvimento nesse jogo; afinal não sou nenhum anjo. Contudo tive êxito em dominar a libido, para não dizer que consegui fazer daquilo um sonho, como todos os outros sonhos lindos que sei que não se concretizarão nem gostaria que se concretizem. É bonito que um ser humano, sobretudo que chegou à idade em que cheguei, viva sonhos desse tipo. Esses sonhos são perfeitos para quebrar essa rotina mortal, a fim de que a vida — ou o que restou dela — continue fazendo sentido.

Minha relação com Zuhra tomaria outro rumo, cujas consequências seriam difíceis de prever caso eu tentasse motivá-la a responder ao meu desejo. De qualquer forma, Zuhra não era o tipo de mulher volúvel que aceitava com facilidade fazer essas coisas. É certo que ela era uma mulher como todas as outras, com desejos e um coração que pulsa, de modo que podia fraquejar em algum momento. É o que diz a lógica.

No entanto eu me convenci de que ela era outro tipo de mulher, sobretudo para não acabar com meu sonho.

Minha relação com Brigitte também passou por uma mudança na época, mas na direção contrária. Comecei a ser mais gentil com ela. E ao mesmo tempo atentava firmemente para não exagerar, para ser natural na medida do possível. Essa mudança repentina do marido, que passa a se comportar muitíssimo bem, pode levar a mulher a ficar com a pulga atrás da orelha, sobretudo se não houver motivo aparente e convincente para a mudança.

Apesar de todas essas precauções, Brigitte percebeu que meu comportamento tinha mudado. Um dia, quando chegou do trabalho, eu a beijei mais longamente do que de costume. Ela gosta que eu a beije quando volta para casa. É por isso que, quando quero manifestar incômodo ou descontentamento com ela por algum motivo, eu não a beijo. Se a questão parasse aí, ela não teria percebido nada. Contudo, não sei por quê, imediatamente depois de ela lavar as mãos e tirar os sapatos — que é a primeira coisa que faz ao chegar em casa —, eu me aproximei, segurei sua mão e comecei a acariciá-la afetuosamente, assim como fazia quando tínhamos acabado de nos conhecer. Quando percebi que estava passando dos limites, vi que já era tarde demais para voltar atrás, então continuei. É necessário ressaltar que Brigitte tem mãos lindas e adora quando eu as acaricio. E a verdade é que eu também sinto prazer nisso, pois considero as mãos o que há de mais bonito numa mulher. São as mãos que revelam a feminilidade da mulher. O que há de mais bonito nas mãos são os dedos. Mas devo reconhecer que as mãos de Zuhra não são bonitas, seus dedos são uma lástima. No entanto isso é normal, pois como esperar que as mãos de uma empregada doméstica sejam bonitas!? Brigitte aceitou minhas carícias, mas de repente puxou a mão e perguntou:

— Você está bem?

Fingi ter achado sua pergunta perfeitamente normal. A esposa amada pelo marido, que ela também ama, certificando-se de como ele está depois de tantas horas longe um do outro. Qual seria o problema?

Respondi num tom muito calmo:

— Sim, tudo bem.

Pairou um silêncio. E eu temo o silêncio que sucede conversas desse tipo. Para não deixar transparecer o que poderia denunciar meu estado íntimo, perguntei de volta:

— E você?

Não me respondeu. Apertou os olhos e esboçou um leve sorriso, como costuma fazer quando não acredita no que digo. Depois de uma longa pausa, indagou com certa seriedade:

— Você está com algum problema?

— Problema?

— Sim, no trabalho, por exemplo?

— De jeito nenhum. O que poderia acontecer no meu trabalho? Absolutamente nada. Minha relação com a administração da universidade é boa, meus colegas me respeitam tanto quanto eu os respeito, meus estudantes gostam de mim...

— Não sei, estou sentindo você estranho.

— Como assim "estranho"?

— Faz muito tempo que não me toca com tanto afeto.

Enquanto eu permanecia em silêncio pensando no que dizer, ela completou:

— Acho que está sendo gentil demais comigo.

Quase disse que nunca deixei de ser gentil com ela. No entanto não disse nada, pois me lembrei de como a tratava em algumas brigas. Não é da minha natureza ser violento, nem tenho predisposição a discutir, mesmo tendo brigado com Brigitte diversas vezes. A maioria dessas brigas envolvia questões relacionadas à nossa vida em comum, e mais precisamente ao nosso filho, Sami, sobretudo quando era pequeno.

Estávamos de acordo em muitos assuntos que diziam respeito à educação dele. Brigitte é aberta, nunca me impediu que lhe ensinasse árabe ou um pouco de história árabe, ou mesmo princípios gerais do Islã. Nunca me impediu de registrá-lo no consulado da Tunísia para que ele pudesse ter a nacionalidade tunisiana além da francesa; pelo contrário, ela ficava muito entusiasmada com tudo isso. Também nunca me impediu de lembrá-lo sempre de que era tunisiano e de lhe contar sobre seu outro país, a Tunísia, e sobre o vilarejo onde nasci.

Esse entendimento mútuo alcançou seu ápice quando ela aceitou, e Sami tinha apenas quatro anos, viajarmos os três para meu vilarejo em pleno verão, e até dormirmos lá algumas noites na casa da minha irmã numa esteira que cobria todo o chão, pois nenhuma casa do interior tinha cama. Não havia energia, tampouco torneiras, nem água quente, nem banheiro, muito menos vaso sanitário. As pessoas faziam suas necessidades ao ar livre.

Lembro-me de que naquela época eu era tomado por um desejo fortíssimo de que Sami visse, bem pequeno, o vilarejo em que cresci, que sentisse seu ar, pisasse a terra com seus pequeninos pés, brincando e rolando na areia e no mato. Era como se isso tivesse que acontecer para que eu sentisse que ele era tunisiano e que era meu filho de verdade. Naquele tempo, Brigitte gostava da Tunísia, mesmo no verão. Ela e

Sami não se queixavam como agora das cidades ruidosas e do calor intenso.

No entanto divergíamos em outras questões. E o assunto da circuncisão foi o mais sério de todos. Quando expressei meu desejo de circuncidar Sami, ela rejeitou a ideia com veemência. "Não vou permitir que nem você, nem ninguém corte o pipi do meu filhinho com uma tesoura!", foi assim que respondeu, enlouquecida. Nenhuma das justificativas que apresentei foram convincentes. Certas vezes, não queria nem mesmo ouvi-las. E não aceitou que o circuncidássemos a não ser quando lhe mostrei um artigo que encontrei por acaso numa revista científica francesa que indicava os benefícios salutares da circuncisão. Depois, um médico especialista lhe informou que a operação era muito simples e que não causaria nenhum risco a Sami.

Devo, contudo, reconhecer que às vezes meu comportamento nessas brigas não combinava comigo, e eu sempre me arrependia mais tarde. Obviamente eu não bato nela, não a xingo nem a insulto. E nem creio que farei isso algum dia, a não ser gritar. Às vezes, berro num tom muito elevado, e esse é um dos meus defeitos. Brigitte detesta isso. Quando alguém eleva a voz para ela, todos os membros do seu corpo tremem. Acredito que o pai gritava muito com a mãe, de modo que a voz alta dele a deixava aterrorizada. Ela nunca me disse nada, mas eu deduzi do pouco que me contou sobre sua infância, pois ela não é dessas que falam do assunto com facilidade.

— Você não quer que eu acaricie sua mão daqui em diante?

Sem responder, levantou-se e se dirigiu à cozinha.

9.

A sensação de satisfação e orgulho que me tomou depois de compreender que podia amar duas mulheres ao mesmo tempo sem causar qualquer problema, começou a se atenuar depois de poucas semanas. Houve um episódio entre mim e Mansur que fez nossa relação ficar tensa. E o motivo foi Zuhra. Certa manhã, enquanto me dedicava a preparar a aula que daria para meus alunos à tarde, ouvi uma batida leve e insistente na porta. Fiquei me perguntando quem poderia ser uma hora daquelas, já que não aguardava ninguém. Foi quando ouvi uma voz baixa e feminina. Levantei-me, me dirigi à porta e olhei através do olho mágico.

— Monsieur Achur. É sua vizinha, madame Albert.

Era muito raro que madame Albert batesse à nossa porta. Ela só batia para entregar algum pacote para mim ou para Brigitte que o carteiro acabava deixando com ela por não estarmos em casa. Era uma das poucas ocasiões em que trocávamos algumas palavras, com exceção, obviamente, dos cumprimentos em frente ao apartamento ou na entrada do edifício. Temos uma relação cordial. Nós a respeitamos e ela nos respeita; nada além disso. Nunca entramos no seu apartamento e ela também jamais pôs os pés no nosso. Eu achava estranho no começo, mas para Brigitte era completamente normal.

Para Brigitte, era melhor para ela e para nós que nossa relação permanecesse assim, pois respeitar o vizinho supõe não se preocupar com ele, tampouco se meter na sua vida privada, o que ela considerava — como todos os franceses — algo sagrado.

Assim que abri a porta, ela me disse em tom agitado:

— Zuhra está brigando com o marido.

Fui pego de surpresa. Esperava que fosse me requisitar para alguma emergência ou, quem sabe, pedir algum favor. Não compreendi por que dizia aquilo logo para mim. Então continuou gaguejando:

— Ela acabou de me contar por telefone.

Ergueu a cabeça em direção ao andar de cima onde ficava o apartamento de Zuhra e, olhando para os lados como se temesse que alguém além de mim pudesse ouvi-la, disse em voz baixa:

— Tenho medo de que ele bata nela.

Ao que parece, suas palavras não causaram o efeito que ela esperava. Sei que alguns homens árabes não hesitam em bater na esposa quando discutem. De qualquer forma, bater em mulher não se restringe unicamente aos árabes. As mulheres sofrem violência em qualquer lugar, até mesmo nos países civilizados e naqueles que mais respeitam os direitos das mulheres. Descobri recentemente que os franceses também batem nas mulheres. Outro dia, li num jornal daqui que as estatísticas mostram que uma mulher francesa morre a cada três dias devido às agressões por parte do marido, companheiro ou namorado! Fiquei chocado com a notícia e não conseguia acreditar, mas Brigitte confirmou que era verdade.

— Você pode fazer alguma coisa?

Mordi meus lábios em sinal de impotência. Então ela me perguntou:

— Você é tunisiano como ele, não é?

— Sim.

Seu olhar se fixou em mim por um instante, como se esperasse que eu dissesse algo mais. E continuou:

— É possível que ele o compreenda melhor que a mim.

Nunca tinha pensado nisso; nunca me passaria pela cabeça que ela pudesse me pedir tal coisa. Ela se dirigia a mim por eu ser tunisiano. Eu achava que ela recorria a mim por eu ser o vizinho mais próximo e por saber que Zuhra trabalhava na minha casa, e nada mais.

Confesso que fiquei um pouco incomodado; a razão foi madame Albert ter me colocado — sem ter a intenção — no mesmo saco que Mansur, que tinha má reputação no edifício. Era como se não houvesse distinção entre nós, já que ambos éramos tunisianos. Ela esqueceu que eu era professor na universidade e que todos os moradores me respeitavam e me tratavam exatamente como a ela.

Havia luz suficiente para ver com precisão os traços do seu rosto. Pela primeira vez, eu conseguia examiná-lo. Nossos encontros — se podemos chamá-los assim — costumavam ser curtos, de modo que não me permitiam atentar para sua face como nessa manhã. Concluí que ela deve ter sido bonita na juventude e achei seu nariz levemente adunco, o que fez com que me perguntasse pela primeira vez se minha vizinha, cuja porta se encontrava a menos de um metro da minha, fosse judia. Afastei a possibilidade. Se fosse judia, Zuhra teria percebido e me contado, já que falava dela para mim às vezes. De qualquer forma, ser judia não muda nada para mim, pois é minha vizinha e eu a respeito. Todos no edifício têm estima por ela.

— É verdade, ele pode me entender melhor.

Quando enunciei isso, madame Albert balançou a cabeça e voltou ao seu apartamento. Permaneci paralisado, pensando no que fazer naquele momento. Desejei não ter aberto a porta. Agora não podia agir como se nada tivesse acontecido.

Subi um degrau da escada e parei quando ouvi o barulho de porta se abrindo e, em seguida, se fechando. Seguiu-se então o som de passos na escada. Tinha certeza de que era a porta do apartamento do quinto andar.

De repente vi monsieur Gonzales, que morava sozinho desde a morte da esposa, no apartamento em frente ao de Zuhra. Na mesma hora em que me viu, sorriu, me cumprimentou de modo efusivo e prosseguiu descendo as escadas sem me perguntar o que eu fazia ali. Continuei subindo até chegar ao apartamento de Zuhra. Não fiquei parado rente à porta. Mantive certa distância. A porta estava entreaberta. Não tinha a intenção de entrar de maneira alguma. Nunca tinha entrado na casa deles, tampouco me aproximado tanto assim. Eu estava nervoso. Não sabia o que dizer caso Zuhra aparecesse de repente e me visse ali parado em frente à porta do seu apartamento. Estiquei o pescoço com precaução e fiquei ouvindo. Não escutei conversa, choro ou grito. Havia um silêncio inquietante, como se o apartamento estivesse vazio. Comecei a me perguntar se madame Albert entendera mal o que Zuhra tinha dito ao telefone.

De repente, vi Mansur avançar até a porta, o cabelo despenteado como de costume. Contudo o que chamou minha atenção foi sua camisa aberta, revelando um peito com costelas proeminentes. Tive a impressão de que segurava alguma coisa, que soltou assim que seus olhos me avistaram. Um pau, ou barra de metal, um cinto ou algo do tipo. Não tive tempo de recuar. Ele pareceu realmente surpreso com a minha presença ali.

Lembrei o que se dizia a respeito da sua fama de violento e bêbado antes de conhecer Zuhra e se casar. Por essa razão, senti um pouco de medo quando me encarou com olhos que refletiam certo espanto e desconfiança. Eu precisava dizer algo que justificasse minha presença a um passo do seu apartamento. Reuni toda a coragem que possuía e perguntei:

— Como vai?

Fez um aceno quase imperceptível com a cabeça, mas não soltou uma só palavra. Achei que ele não tinha me escutado bem. Hesitei um pouco antes de repetir a pergunta, tentando esboçar um sorriso:

— Como vai? Tudo bem com vocês?

— Sim. — Assentiu outra vez e continuou em voz alta: — Estamos bem.

Uma alegria profunda me invadiu; não porque salvei e protegi Zuhra, que era o que pretendia fazer quando subi até sua casa. Mesmo sem conhecer o motivo da briga e quem era o opressor e o oprimido, não fraquejei no momento decisivo, arranjei coragem suficiente para lançar aquela pergunta a Mansur. Se eu não tivesse feito isso, minha consciência teria me castigado. O mais bonito da situação foi sentir que tudo tinha ocorrido com tranquilidade. No entanto esse sentimento de alegria rapidamente esvaneceu quando ouvi a pergunta dele ao me virar para descer as escadas e voltar para o meu apartamento:

— Mas por que a pergunta?

Meu constrangimento se acentuou. Pela primeira vez, Mansur se dirigia a mim num tom um pouco ríspido. Soube então que estava diante de um homem capaz de se tornar violento a qualquer instante. Não respondi, apenas sorri. Imaginei que bastasse. Mas ele não sorriu de volta. Então falei num tom em que queria parecer o mais calmo possível:

— Ouvi um ruído e pensei que vinha do quinto andar.

Ele não parou de me encarar. Tinha duas grandes olheiras escuras, como se não tivesse dormido a noite anterior. E, ao me curvar um pouco, eu me dei conta de que estava descalço.

— Ruído?

— Sim.

— No quinto andar?

— Acredito que sim.

— Que tipo de ruído?

— Não sei. De qualquer forma, não importa. — E acrescentei, sorrindo antes de ir embora: — Deve ter sido em outro andar.

Não sei qual foi o efeito do que disse, pois não me virei para ele nem me despedi. Tudo que eu queria era sair dali e dessa enrascada em que me encontrava. Desci as escadas rapidamente. E, quando cheguei ao primeiro andar, vi madame Albert na entrada do seu apartamento.

Estava tentando ouvir algo da minha conversa com Mansur, apesar da sua surdez, para saber o que tinha acontecido com a empregada. Ela me encarou com os olhos bem abertos, na esperança de que eu lhe desse alguma notícia. No entanto não disse nada. Fui para o meu apartamento e fechei a porta.

Deitei no sofá e fechei os olhos.

Depois de me acalmar, tive a impressão de que havia cometido um erro. Com certeza Mansur sabia que eu estava mentindo, pois não é tonto. Eu me arrependi de ter tido um comportamento tão idiota. Devia ter dito a verdade. Eu queria, como um vizinho tunisiano que deseja o bem do seu conterrâneo, intervir na briga do casal, a fim de consertar as coisas e evitar escândalo. Afinal os tunisianos não podem ficar brigando dessa forma na frente dos franceses e arruinar sua reputação e a reputação dos árabes e muçulmanos na França — que já é ruim, diga-se de passagem. Se eu tivesse usado esse argumento, talvez Mansur aceitasse. Quem sabe deixaria que eu mediasse a questão entre ele e Zuhra.

10.

Zuhra não mencionou nada sobre o ocorrido entre ela e o marido quando nos encontramos a sós no meu apartamento. E mais: depois de duas horas fazendo faxina e de dez minutos de aula de árabe, não deixou transparecer nada que indicasse que estava triste ou abatida, ou mesmo que tivesse brigado com o marido. Foi gentil e educada como de costume. Fez seu serviço com perfeição e se manteve atenta à aula de árabe.

Também não havia nada que insinuasse que tomara conhecimento da minha ida ao seu apartamento ou que ouvira qualquer coisa da conversa que se deu entre mim e seu marido. Não achei de todo estranho, apesar de a porta estar entreaberta. Quem sabe ela tivesse se trancafiado em algum cômodo da casa ou no banheiro, fugindo de Mansur. É muito possível que o marido não tenha contado que subi até o quinto andar e fiquei parado em frente à porta da sua casa.

Eu aguardava impaciente esse encontro para que Zuhra me falasse o que acontecera dias antes. Já tinha esbarrado com ela, naturalmente, em diversos lugares: na entrada do edifício, em frente ao elevador, na escada... eram encontros rápidos e passageiros e, às vezes, na presença de outros moradores. Contudo não lhe perguntei o que havia acontecido. Posterguei a pergunta para o dia em que viesse à minha casa. Desejava que ela falasse sobre o assunto por vontade própria, ou que pelo menos desse algum sinal. Mas não o fez.

Fiquei frustrado, pois estava ansioso para saber o que ocorrera de fato, sobretudo porque achei, em algum momento, que a discussão dissesse respeito a mim de alguma forma. Passou pela minha cabeça que o motivo poderia ter sido a relação cordial que mantenho com ela. Mansur teria notado que Zuhra falava de mim com respeito e admiração? Quem sabe ela não teria se rendido ao que sentia e exagerado um pouco, provocando ciúme e inveja nele. Vai saber! Talvez ela tivesse feito de propósito para passar uma mensagem a ele ou deixar clara alguma opinião, ou simplesmente criticá-lo de forma indireta. Às vezes, muitas mulheres árabes, ou mesmo europeias, não têm coragem de ser francas com o marido; logo, recorrem a truques desse tipo. Tudo é possível, pois não sei qual é a natureza do relacionamento dos dois.

No entanto, ao mesmo tempo, comecei a sentir mais admiração pela sua capacidade de se calar diante de fatos relacionados à sua vida privada. Sem dúvida Zuhra era uma mulher forte, capaz de guardar segredos para preservar sua família e sua reputação. Uma mulher sábia não quer lavar a roupa suja da família na frente dos outros. Mas e se eu estivesse imaginando tudo isso? E se Zuhra fosse frágil, temesse o marido e se rendesse às suas vontades, ou ainda lhe obedecesse na maioria dos casos por considerá-lo o homem e o chefe da família, assim como ocorre com muitas mulheres árabes, principalmente com aquelas que pertencem ao seu meio social?

Eu olhava de canto de olho, repetidas vezes, para seu rosto, seus braços e seu colo em busca de algum hematoma, ferida, machucado ou algo do tipo que servisse de evidência de agressão. Mas não encontrei nada. Não obstante, não tinha dúvidas nem por um instante de que não tivesse brigado com o marido. Madame Albert não podia ter inventado algo do tipo. É verdade que tem idade avançada, mas ainda não estava senil. Além do mais, o estado em que Mansur saiu do apartamento demonstrava que a briga tinha ocorrido de fato.

Quanto ao que me fez pensar que a teria agredido, foi ele ter soltado um objeto assim que seus olhos me avistaram.

Depois de muito hesitar, decidi não fazer nenhuma pergunta e agir como se nada tivesse acontecido. No fim das contas, disse a mim mesmo: o que eu tenho a ver com isso, se Zuhra está bem com o ocorrido? Ela é inteligente e sabe o que quer mais do que ninguém. Por que estou metendo o nariz numa questão séria como essa, se Mansur e Zuhra estão de acordo? Posso até complicar ainda mais as coisas se insistir em saber o que se passou entre eles. Na verdade, ninguém sabe o que acontece entre marido e mulher, como diz Brigitte.

Por alguns dias, omiti da minha esposa o incidente, mas depois contei tudo. Minha intenção era que a história permanecesse um segredo entre mim e a família de Mansur. Eles são tunisianos como eu. Seria uma vergonha expor a família falando mal dela para outra pessoa, mesmo sendo essa pessoa minha esposa, mas ainda assim contei.

Num sábado, enquanto tomávamos chá com bolo, disse a Brigitte o que tinha ocorrido. Ela estava de muito bom humor, como todo sábado. Esse é seu dia preferido, justamente por ser o primeiro dia do fim de semana. Falei com calma. Sem histeria nem alarde. Esperava que ela fosse criticar Mansur ou debochar dele, e que tomaria partido de Zuhra. Era isso que eu desejava, no íntimo. Mas não foi assim. Ela não disse uma só palavra. A única coisa que fez foi cerrar os lábios e continuar a comer.

Porém de noite, enquanto estávamos deitados no quarto, levei um susto quando, depois de mover o corpo para o meu lado, Brigitte perguntou, toda interessada:

— Por que eles discutiram?

Ela tinha acabado de se aproximar de mim na cama, por isso seu corpo ainda não estava aquecido. Encostei meu joelho no dela, enquanto a abraçava para passar um pouco do calor do meu corpo para o seu.

— De quem você está falando?

Eu já tinha entendido aonde ela queria chegar. Mas quis me certificar.

— De Zuhra e Mansur.

Brigitte gosta de conversar um pouco antes de cairmos no sono. Eu também gosto. Conversar em voz baixa na cama, no escuro, é uma forma excelente de pegar no sono. Os instantes que precedem o sono são os mais prazerosos de passar juntos, desde que não seja briga e se esteja de bom humor. Normalmente não falamos de assuntos sérios, mas sim de algum acontecimento curioso que se passou entre a gente e algum amigo ou amiga no trabalho; ou ainda alguma cena que chamou a atenção na rua, no metrô ou no ônibus. Às vezes uma piada ou história engraçada que lemos ou ouvimos. Por essa razão, estranhei que me perguntasse sobre a briga de Zuhra e Mansur num momento íntimo como esse.

— Não sei o motivo...

— Mas você tem certeza de que eles brigaram?

— Sim.

— E como você soube?

— Madame Albert que me contou.

— Madame Albert?!

— Sim.

— E como ela soube? Ela quase não sai de casa.

— Zuhra telefonou para ela e contou.

— Todo casal briga.

Fiquei em silêncio. Eu não tinha a mínima vontade de falar sobre esse assunto àquela hora. Desejava esquecer tudo aquilo. Mas parecia que Brigitte queria o contrário. Então me perguntou, num tom ríspido:

— E o que você tem a ver com essa história?

Permaneci em silêncio, embora não compreendesse por que ela falava comigo com tanta rispidez. E continuou no mesmo tom:

— Por que você se interessa tanto pela vida deles?

Respondi como quem se defende de uma acusação:

— Não me interesso tanto assim, como você diz. Só me preocupo um pouco com eles pelo fato de serem nossos vizinhos, por serem tunisianos como eu e porque Zuhra trabalha aqui em casa... é isso.

Fiquei me perguntando por um instante se Brigitte teria descoberto na minha fala algo que revelasse meu envolvimento com Zuhra; de modo que queria, com essas perguntas, me dizer que ela não era besta.

No entanto afastei essa possibilidade, pois Brigitte é corajosa e franca e não precisa dar voltas para chegar aonde quer.

Se realmente tivesse descoberto meu amor secreto por Zuhra, teria falado comigo sem rodeios e me expulsado de casa imediatamente. Também não acreditaria em mim se lhe dissesse que ainda a amava.

Quando percebi que seu corpo já estava quente o bastante, parei de abraçá-la, ela se afastou de mim e se deitou de lado, dando-me as costas. Na mesma hora, também lhe virei as costas e escutei ela dizer:

— Vocês, árabes, são inacreditáveis! — Um instante depois continuou: — Como gostam de falar uns dos outros!

Não respondi nada, apesar de ter ficado incomodado. Tive receio de fazer com que dissesse algo mais, aumentando meu desconforto, e eu acabasse reagindo. O que, por sua vez, poderia irritá-la e acabaríamos brigando. Era a primeira vez que Brigitte me dizia uma coisa assim. Achei ainda mais estranho ela parecer completamente segura do que disse. É verdade que ela solta de vez em quando comentários sobre os árabes, mas não deixam de ser falas inocentes, algumas até engraçadas e irônicas, como aquelas sobre o sotaque dos árabes em francês. De toda forma, os franceses amam contar histórias cômicas a respeito de imigrantes, sejam árabes, negros, asiáticos ou até mesmo europeus de países vizinhos, começando pelos belgas, apesar de todo o seu respeito por eles.

Obviamente, estou seguro de que Brigitte não é xenofóbica; pelo contrário, ela tem uma queda por estrangeiros. E quem sabe a maior prova disso seja ter aceitado se casar com um árabe e ter tido um filho com ele. Isso não é comum num país onde os árabes gozam de má reputação desde tempos longínquos. No entanto é necessário atestar que o que ela disse não é muito diferente do que dizem os xenofóbicos. Mesmo assim, meu silêncio não a motivou a parar de falar, como eu esperava.

— De fato, você tem uma mentalidade estranha. Não acha? Quero dizer que vocês gostam de se preocupar com a vida dos outros e falar dos outros. Gostam de ficar vigiando uns aos outros. Noto isso em toda viagem que fazemos à Tunísia.

Naquele momento, perdi a calma e não consegui mais me segurar.

— Mas isso não se restringe aos árabes, você encontra gente assim em todos os povos. Além do mais, preocupar-se com os outros nem sempre é ruim como você pensa.

Esperava que ela continuasse nessa linha e estava pronto para dar uma resposta. Não se pode calar diante de uma fala dessas. Porém fiquei surpreso quando ela respondeu em outro tom:

— É verdade.

Depois de um longo instante, passou o braço para trás sem mudar de posição, segurou minha mão e apertou meus dedos com gentileza, antes de me dizer:

— Está bravo comigo?

— Não.

— Tem certeza?

— Sim.

Fiquei mais calmo. Não esperava que nossa conversa fosse terminar assim. E o que me deixou mais tranquilo ainda foi sua pergunta sobre se eu tinha ficado incomodado com o que ela dissera. Eu gosto quando ela me faz perguntas desse tipo. Sinto-me bem em ver que ela se importa comigo a tal ponto, pois sempre estou necessitado do seu afeto. E ela do meu. No entanto sinto, nas profundezas do meu ser, que eu preciso dela mais que ela de mim, e não sei por quê. Talvez isso se deva à sensação de que, apesar do longo tempo que vivo aqui, continuo a ser um estrangeiro. Ou talvez seja pura e simplesmente falta de confiança em mim mesmo.

Enquanto eu me perguntava se deveria dizer algo que lhe despertasse uma sensação de tranquilidade semelhante àquela que senti, ela me disse:

— Eu te amo.

Novamente apertou meus dedos, mas dessa vez com força. E acrescentou:

— Eu te amo muito.

— Eu também te amo muito.

Fazia muitos dias que ela não me dizia isso, nem eu a ela. Nos primeiros anos do nosso relacionamento, dizíamos essa frase um ao outro todos os dias. E não apenas uma vez, mas várias vezes. No início, eu sentia certo constrangimento, por não estar acostumado. Depois vi que os casais e os amantes na França, tanto os homens como as mulheres, e mesmo os idosos, tinham uma obsessão em falar sobre o amor e de expressá-lo ao amado. Não vejo razão para mencioná-lo a todo momento. Eu acreditava que o efeito dessas palavras sobre o outro poderia ser mais forte e mais bonito se dito entre períodos esparsos, embora eu nunca tenha revelado isso a Brigitte. E nem penso que o farei algum dia.

Ela puxou a mão e se encolheu debaixo do cobertor. Continuei acordado, atento, pronto para responder a tudo que ela pudesse vir a dizer, ainda que eu desejasse cair no sono. Por um longo tempo fiquei ouvindo sua respiração, que assumia aos poucos uma regularidade. E só me certifiquei de que a conversa acabara de vez e que a noite tinha terminado bem quando ela começou a roncar cada vez mais alto.

11.

Eu tinha decidido esquecer a discussão de Zuhra e Mansur e agir como se nada tivesse acontecido. Fiquei ainda mais convencido depois da conversa com Brigitte e de ela ter dito que eu me preocupava demais com eles e me metia onde não devia. Meu laço secreto com Zuhra não me dava o direito de fuxicar a vida dos dois e tampouco justificava meu interesse pela vida deles. Porém o que aconteceu depois, quando Zuhra veio limpar minha casa, fez com que eu voltasse atrás na minha decisão na mesma hora.

Zuhra vestia uma camisa larga. E, durante a aula, quando se inclinou sobre o caderno, a gola da camisa revelou seu peito inteiro. Automaticamente estiquei a cabeça na direção dele e pude ver o machucado. Não era grande, mas era visível e não era novo. Estimei que tivesse acontecido havia uns dez dias, isto é, quando teria ocorrido a briga com Mansur. Não tive dúvidas de que ela fora ferida com uma faca. Fiquei perplexo e me levantei. A questão toda era muito mais séria do que eu tinha imaginado. Se fosse uma marca de dedos deixada por um tapa ou uma marca de punho por causa de um soco, era outra coisa. Tratava-se de uma facada!

Fui para a cozinha depois de pedir que ela reescrevesse algumas frases. Aproximei-me da janela e olhei a rua, perguntando-me o que fazer. Recordei a conversa com Brigitte no quarto e como ela chamara minha atenção, em seguida me lembrei da pequena interação com Mansur na frente da porta do seu apartamento havia alguns dias. Depois de hesitar um pouco, decidi intervir. A coisa tinha ficado séria demais e eu não poderia mais me calar.

Zuhra continuava compenetrada nas frases. Avancei na sua direção confiante e, em vez de me sentar de frente para ela, parei nas suas costas e me inclinei. Ela ergueu a cabeça e olhou para mim. Sem vacilar, tirei a caneta da sua mão num movimento ágil. Ela estranhou meu comportamento num primeiro momento e então sorriu. Quando me viu olhando para seu peito onde estava a ferida, entendeu. Rapidamente levantou a mão e puxou a gola da camisa para cobrir o peito.

— O que é isso? — perguntei, mas ela não me respondeu. Refiz a pergunta em voz mais alta: — O que é isso? Fale! O que é isso?

De repente, me dei conta de que tinha perdido a calma e me dirigia a ela como quem se dirige à esposa. Eu me afastei alguns passos na sala e então retornei.

— Do que está falando? — Ela me perguntou com um olhar que indicava saber do que eu estava falando.

— Essa ferida... — Pairou o silêncio. E, sem titubear, falei: — Sei quem fez isso.

Ela ergueu a cabeça de leve, olhando para mim, e então a abaixou. Era como se quisesse me dizer alguma coisa, mas desistiu.

— Também sei quando aconteceu.

O silêncio pairou novamente. Perguntei a mim mesmo se não seria melhor para ela, que se encontrava nesse estado, que eu parasse por ali. Lembrei-me de que eu não tinha o direito de fazer perguntas tão específicas sobre algo da sua intimidade. É verdade que eu fazia isso para seu bem; o real motivo dessas perguntas era protegê-la e ajudá-la, ou pelo menos tentar tranquilizá-la. Zuhra tinha que sentir que não estava sozinha com esse problema e que havia alguém ao seu lado com quem poderia contar nos momentos difíceis. No entanto, ela não me pediu ajuda. E quem sabe ela nem precisasse. Talvez esse meu comportamento estivesse constrangendo-a e recordando-lhe algo que queria esquecer ou talvez já tivesse esquecido. Contudo ela não ousava dizê-lo em respeito a mim. Apesar de pensar em tudo isso, não consegui reprimir minha vontade de falar.

— Madame Albert me contou.

— Madame Albert?! — perguntou, em tom de surpresa.

— Sim, madame Albert.

Depois de um instante, eu disse:

— Ela estava com medo de que acontecesse alguma coisa com você, então bateu na minha porta pela primeira vez. E pediu que eu interviesse.

Naquele momento, ela desembestou a chorar. Fui ficando cada vez mais tenso. Fazia muito tempo que eu não via uma mulher dessa idade chorar. Brigitte não era de chorar com facilidade, nem consigo lembrar a última vez que caiu em prantos. O que faria para confortá-la? Deveria abraçá-la? Segurar sua mão? Será que eu estava autorizado a fazer algo do tipo sem errar, cometendo um deslize? Eu a deixei ali e fui para a cozinha. A única coisa que passou pela minha cabeça naquele momento foi me afastar e deixá-la sozinha. Não queria que ela achasse que estava fazendo um espetáculo trágico, digno de pena, ali na minha frente.

Quando voltei, depois de alguns minutos, ela ergueu a cabeça na minha direção, mal olhando para mim. Seu estado não havia melhorado; pelo contrário, estava pior. Peguei uma caixa de lenços de papel na mesinha da sala e entreguei a ela. Zuhra puxou um chumaço de uma vez e começou a secar as lágrimas e a limpar o nariz. Lembrei-me de que não lhe trouxera um copo de água mineral — que era minha ideia quando fui à cozinha —, então corri para buscar. Sem demora, coloquei-o sobre a mesa à sua frente, ela o segurou sem parar de chorar e o entornou goela abaixo como se não bebesse água havia muito tempo.

— Quer um suco de laranja?
— Não.
— Quer alguma outra coisa?

Negou com a cabeça. E, quando achei que as coisas estavam melhorando, seu choro se acentuou. De repente, ela se pôs de pé, escondendo o rosto entre as mãos. Imaginei que fosse juntar o material de limpeza e deixar o apartamento na mesma hora. Mas fui pego de surpresa quando correu para o quarto de Sami e fechou a porta.

Não sabia o que fazer, então desabei no sofá e fui acometido por grande tristeza. Esta manhã o senhor abriu uma porta para si mesmo, si Achur. Agora terá que fechá-la. Lembrei-me de um provérbio tunisiano. "O escorpião não pica quem a mão do buraco tira", repetia minha mãe. Era um dos seus provérbios preferidos. Com certeza, Zuhra o conhecia. Se eu não tivesse querido saber o que se passara dias antes no apartamento do quinto andar, nada disso teria acontecido.

Eu não podia entrar no quarto de Sami com ela lá. Desde que começara a trabalhar na nossa casa, jamais estivemos juntos num quarto, nem mesmo no de Sami. Os dois únicos lugares em que nos encontrávamos a sós eram na sala e na cozinha. Quando ela queria limpar um cômodo em que estava, eu me levantava e saía. E quando eu queria entrar num cômodo em que ela estava, Zuhra saía. Ambos sabíamos que um quarto não é um lugar neutro, pois se trata de um espaço para dormir, deitar e repousar; é ali onde homem e mulher têm seus momentos de intimidade extrema.

Pensei em sair do apartamento e dar uma caminhada em torno do edifício por alguns minutos. Quem sabe deixá-la sozinha em casa faria com que se recompusesse. Mas não saí. Achei que seria melhor ficar perto dela, pois poderia precisar de mim em algum momento. Liguei a televisão. Num dos canais passava uma partida de tênis feminino. Eu era fã de uma das jogadoras, não por seu modo de jogar — já que não sou um entusiasta desse esporte —, mas pelo seu corpo atraente. Não escondia isso de Brigitte; eu expressava minha admiração pela jogadora na sua frente sempre que aparecia na tela da televisão. Ela não se incomodava nem tinha ciúme, pois ela também fazia o mesmo, de vez em quando. Ela gostava do corpo dos jogadores de rúgbi.

Sentei-me no sofá e fiquei entretido com a partida. Não percebi o tempo passar, até que Zuhra voltou para a sala. Havia parado de chorar, tinha secado as lágrimas e o nariz, além de estar com o cabelo arrumado. Aproximou-se alguns passos, vacilante, e depois parou no meio da sala, pronta, à espera de alguma ordem. Seus lábios tenros esboçavam um leve sorriso e ela me dirigia olhares curtos e tímidos, como se estivesse se desculpando pela reação.

Apesar das pálpebras inchadas e dos olhos vermelhos, Zuhra me parecia ainda mais linda do que antes. Senti também que o choro a deixara mais feminina. Desde que a conheci, nunca a vira tão frágil e delicada como agora. Isso não só fez com que sentisse mais compaixão por ela, mas atração também. Se eu não estivesse me empenhando em manter meu amor por Zuhra platônico, talvez eu tivesse feito com ela outra coisa, ainda mais nesse estado deliciosamente frágil. Sentia inveja de Mansur. Ele parecia não ter de fato consciência do valor dessa mulher.

— Você está melhor agora?

Perguntei tentando evitar encará-la, a fim de não aumentar seu constrangimento e sua perturbação. Zuhra fez um sinal afirmativo com a cabeça na mesma hora. Em seguida, disse em voz baixa:

— Me desculpe, si Achur. Não sei o que aconteceu comigo.

— Não precisa se desculpar.

— Tomei seu tempo.

— Não se preocupe.

Não queria deixar que ela fosse embora naquele momento. Era verdade que parecia melhor, mas os sinais do choro no seu rosto ainda podiam ser percebidos nitidamente. Tive medo de que Mansur notasse quando ela chegasse em casa. No final, não havíamos terminado de fazer tudo que tínhamos combinado de fazer na aula daquele dia. Desliguei a televisão e propus:

— Sente-se, vamos continuar a aula.

Fui tomado de alegria quando ela me obedeceu. Achei que era o que ela também desejava naquele momento. Sentei-me à sua frente e começamos a trabalhar. Contudo Zuhra largou a caneta de lado depois de alguns instantes e me perguntou:

— Podemos parar?

— Por quê?

— Não consigo me concentrar.

Assenti com a cabeça. Não podia obrigá-la a ficar. E não fazia sentido continuar a aula se ela não tinha vontade ou não conseguia se concentrar. Enquanto juntava suas coisas, perguntei:

— Vai voltar para casa?

— Não, tenho que trabalhar na casa de madame Albert.

12.

Zuhra deixou de vir trabalhar na nossa casa por três semanas. Não tentei saber o motivo. Ela me pediu permissão para interromper o trabalho e concordei. A verdade é que, no íntimo, recebi bem esse pedido. Precisava que nos afastássemos um do outro para que eu visse a cena com mais nitidez, pois as coisas estavam se misturando na minha cabeça. Eu não confiava mais em mim nem na natureza da minha relação com Zuhra depois do ataque de raiva que me acometeu ao descobrir a ferida no seu peito e de ter ficado tão comovido com seu choro na minha casa. A discussão acalorada que havia tido com Brigitte quanto à minha relação com Zuhra e Mansur só me deixou mais confuso e tornou a questão mais complexa.

Não informei Brigitte sobre a interrupção do trabalho de Zuhra. E, para que ela não percebesse nada, resolvi limpar a casa eu mesmo todas as terças pela manhã.

Não encontrei nenhuma dificuldade em fazê-lo, pois era eu quem realizava essa tarefa antes de contratar Zuhra. O engraçado é que Brigitte começou a achar a casa mais limpa do que o habitual e até manifestou sua satisfação em termos encontrado uma empregada que fizesse o trabalho tão bem, além de ser muito educada e, ainda por cima, nossa vizinha.

Quando Zuhra voltou ao trabalho, percebi que aquela interrupção fora benéfica, para ela e para mim. Zuhra recobrara um pouco da sua vitalidade costumeira, também estava mais serena. Achei que tinha engordado um pouco, o que a fazia parecer mais jovem, porém menos atraente. Não falou nada sobre o que teria acontecido entre ela e Mansur depois. No entanto senti, pelo modo como agia e pelo estado psicológico que aparentava, que Zuhra tinha esquecido a briga com ele e que as coisas entre os dois voltaram à normalidade. Eu também estava mais sereno e recuperara em grande medida minha autoconfiança.

Ao fim da aula, ela não foi embora, mas se dirigiu à biblioteca. Observou os livros por um longo tempo. Depois me perguntou, enquanto tocava alguns com gentileza:

— Posso pegar um livro emprestado?

Levei um susto com o pedido. Mesmo assim, assenti com a cabeça.

— E o que vai fazer com ele?

— Vou ler.

Respondeu com um tom confiante. Já tinha avançado muito na leitura em árabe, mas seu nível não era bom o suficiente para ler um livro. Tudo que ela conseguia ler eram textos simples e curtos, como os de livros para iniciantes. Eu disse sorrindo, em tom calmo, para não lhe causar nenhum constrangimento:

— Você não vai conseguir ler nenhum livro que está vendo nesta biblioteca.

— Vou tentar. Meu filho, Karim, vai me ajudar.

Eu estava certo de que Karim não tinha capacidade para ajudá-la, pois tudo que sabia de árabe era o que havia aprendido quando criança na mesquita, como a própria Zuhra me relatou um dia.

— Qual livro você quer?

— *O casamento de Zayn*.

Pensei na hora em oferecer alguns livros infantis que havia comprado para ela, ou quem sabe escolher um volume que meu filho, Sami, tinha lido. Mas, quando comentei isso, ela respondeu:

— Eu não sou criança. Quero livros para adultos.
— E por que O *casamento de Zayn*?
— Gostei da capa.

Levantou-se e pegou o livro na prateleira para que eu contemplasse a ilustração. Esticou a cabeça sem se aproximar de mim. Era a primeira vez que eu prestava atenção de verdade no desenho da capa. Não gosto muito dos desenhos nem das fotos nas capas dos livros árabes que eu tenho. Sempre acho os franceses mais bonitos. Mas dessa vez a capa de O *casamento de Zayn* se mostrou mais inspiradora e mais cativante à imaginação. As cores também me agradavam. Notei que havia uma assinatura na parte inferior. Não tinha dúvida de que era o nome do artista. Examinei-o por um instante, mas não fui capaz de lê-lo, pois as letras eram muito pequenas. Enquanto eu devolvia o livro para seu lugar na estante, falei:

— Tudo bem. Vou emprestá-lo a você, mas não agora.

— Quero saber qual é a história desse Zayn e como foi o casamento dele — disse, entusiasmada, antes de fazer a próxima pergunta: — Você o leu?

— Sim.

— Então você sabe a história com detalhes?

Assenti com a cabeça. Na verdade, não sabia. Tinha lido o romance muito tempo antes. Tudo que eu lembrava era que havia um rapaz que amava uma jovem e se casou com ela. Acho que desfrutei da leitura, mas não muito, pois, se tivesse gostado, todos os acontecimentos estariam frescos na minha memória até aquele momento. No entanto recordo que terminei de lê-lo e gostei do estilo do autor. Há livros cuja leitura abandono depois de poucas páginas, porque os acho monótonos. O olhar dela se mantinha compenetrado no meu rosto; então eu contei:

— É a história de um jovem chamado Zayn, que se apaixona por uma moça e faz uma festa quando se casa com ela.

— Não me conte a história. Quero descobri-la quando ler o livro. Agora, só gostaria de saber o que fez Zayn amar essa moça?

— Muitas coisas.

Dei uma resposta vaga e ampla na esperança de que Zuhra se calasse, mas ela continuou:

— Por exemplo...

Respondi, incomodado e em tom professoral:

— Já disse... muitas coisas...

Ela balançou a cabeça e ficou em silêncio. Quando voltei ao meu lugar, me dei conta de que a maneira como a tratei não foi afetuosa e não se justificava; então lhe assegurei:

— Da próxima vez eu respondo.

Quando ela começou a se preparar para ir embora, me senti um pouco mal. Eu não tinha o que fazer naquele dia de manhã. Não tinha vontade nem de sair, nem de assistir à televisão, pois estava cansado das notícias do mundo árabe, que eram na sua maioria sobre guerras, conflitos e intrincados problemas sociais. A partida de Zuhra deixaria um vazio que eu não tinha forças para suportar. Naquele momento, parecia também que o sentimento de perda e solidão que se acumulava em mim durante as últimas três semanas — em que não havíamos nos encontrado — era mais profundo do que eu imaginara. Fui possuído por um desejo de implorar que não fosse embora e que ficasse comigo mais alguns instantes. No entanto como eu justificaria tal pedido? Isso a pegaria completamente de surpresa, pois eu nunca tinha feito uma solicitação dessas antes. Poderia levá-la a pensar que eu queria tentar algo com ela. Com certeza Zuhra tinha outras obrigações na sua casa ou na de madame Albert. E quem sabe seu marido esperava por ela. Ele sabia que Zuhra estava no meu apartamento àquela hora e o horário em que deixava o serviço. Foi quando me ocorreu que a melhor coisa a fazer para que ela ficasse comigo era contar a história de amor de Zayn. Então eu disse, animado para provocar seu interesse:

— Zayn amou muito a moça... Daqui a sete dias, eu vou contar por quê.

Seu rosto se iluminou com um largo sorriso. Desde a briga com Mansur, ela não sorria na minha frente dessa forma. Apoiou seu material de limpeza na mesa, depois puxou a cadeira e se sentou de frente para mim. Então eu disse a mim mesmo: obrigado, sr. Tayeb Salih, o senhor me prestou um serviço, mesmo sem saber.

Não esperava de maneira alguma que Zuhra fosse se sentar. Perguntei-me se ela não gostaria de ficar em casa comigo. Talvez ela também sentisse minha falta, falta do nosso jogo de sedução, que não praticávamos fazia um tempo devido ao que acontecera entre ela e o marido.

— Quando você pretende lê-lo? — perguntei.

A pergunta não tinha a menor importância, eu apenas tinha que dizer alguma coisa para mantê-la ao meu lado o maior tempo possível.

— Quando Mansur e Karim viajarem para a Tunísia, vou ter tempo de sobra.

Mansur vai viajar para a Tunísia! Essa era uma novidade que eu não esperava, sobretudo naquele instante. Não sei se me contou aquilo por acaso ou se fez de propósito. De qualquer forma, ninguém exigiu que ela me informasse sobre qualquer assunto de sua família, principalmente relacionado a Mansur, pois — sem dúvida — ela já tinha concluído que eu não me dava com ele, ainda que naturalmente o respeitasse como vizinho, como tunisiano e, antes de tudo, como marido dela.

Certamente ela se deu conta de que meu silêncio não era um silêncio normal, então esclareceu:

— Eles vão viajar para a Tunísia em breve. Vamos começar a construir mais um andar na nossa casa, um andar para Karim morar quando regressar para lá. Eles precisam supervisionar o começo da obra.

Estiquei um pouco a cabeça na sua direção, indicando interesse pelo assunto.

— Vão ficar lá três meses, talvez até mais. Gostaria de viajar com eles, sinto falta da Tunísia, mas não vai ser possível. Tenho muito serviço nessa época. Madame Albert está doente e não posso deixá-la sozinha.

Tudo bem, disse a mim mesmo, parece que muita coisa aconteceu durante as três últimas semanas. Depois de um instante, em outro tom de voz, ela me perguntou:

— Você tem casa na Tunísia?

— Não.

— Não?! Um grande professor... e não tem casa na Tunísia?! — continuou, enquanto caminhava em direção à porta para sair: — Você tem que ter uma casa no seu país. Não pode ficar sem uma casa lá. Tudo que você possui no exterior não chega nem aos pés do que possui na sua terra.

Obviamente eu tinha vontade de ter uma casa na Tunísia. Eu já pensara muito no assunto e conversara a respeito com Brigitte e meu filho. Daqui a poucos anos, vou me aposentar. Brigitte também. Minha intenção é passar alguns meses do ano, sobretudo o inverno, na Tunísia. No início, estava muito entusiasmado para comprar uma casinha numa cidade costeira.

Temos dinheiro suficiente, porém mais tarde deixei a ideia da compra de lado temporariamente. Brigitte me convenceu de que era melhor alugar, no começo.

Assim que Zuhra saiu do apartamento, resolvi ler o romance de novo o mais rápido possível. Não demoraria muito, já que era curto. Precisava ler com cuidado para poder responder às suas perguntas com precisão. Ela ficaria extremamente frustrada se eu hesitasse na tarefa. Eu não esperava que fosse reler — sob pressão de uma empregada doméstica, de uma leitora principiante — um romance que já tinha lido antes. Fiquei me perguntando se o amor de Zayn simbolizava algo e se eu iria compreender a moral da história, já que não acreditava que Tayeb Salih escreveria um romance inteiro para contar uma história que apenas entretivesse o leitor.

Incrível! Nunca nada disso passou pela minha cabeça. Há pessoas simples que nos motivam, pela espontaneidade e pela inteligência inata, a nos perguntarmos aquilo que você, o professor intelectual, nunca teria se perguntado!

13.

Eu estava assistindo à televisão no quarto de Sami, sozinho como de costume. Fazia tempo que não passávamos essas horas da noite juntos na sala. Não estávamos mais de acordo quanto aos programas que queríamos ver. Brigitte gosta de novelas, variedades e jogos em canais franceses; já eu prefiro noticiários, documentários e videoclipes dos canais tunisianos e árabes. Por isso, compramos mais um televisor e o instalamos no quarto de Sami. Assim, cada um pode assistir ao que quiser sem incomodar o outro. Cansado, desliguei o aparelho. E, apesar de ainda estar cedo, resolvi ir para o quarto.

Passando pela sala, olhei para Brigitte. Ela estava estirada no sofá com as costas apoiadas no travesseiro, as pernas para cima levemente juntas. Desde que sua saúde piorou, especificamente quando começou a sentir dor na coluna, passava o começo da noite nessa posição. Ela se virou para mim e eu sorri para ela, que não retribuiu meu sorriso, tampouco disse algo. Limitou-se a mover a cabeça e voltou a olhar fixamente para a tela. Desde o jantar estávamos sem falar um com o outro. Às vezes, ficamos horas inteiras sem dizer nada. Isso não nos incomoda nem nos leva a questionar nossa relação. Já se passaram muitos anos de casamento. Muito do que tínhamos para dizer já foi dito.

Assim que me deitei na cama, lembrei-me de que tinha que ler o romance *O casamento de Zayn*. Havia tempo suficiente para isso. O momento era conveniente, mas adiei a leitura para as noites seguintes. De qualquer forma, não havia pressa. Era melhor ler devagar e com atenção para estar apto a responder tudo que Zuhra me perguntasse. Não podia titubear como quando ela me perguntou o que teria feito Zayn amar a moça.

Senti um pouco de frio nos pés, apesar de o aquecedor estar ligado. Certamente esfriava lá fora. Juntei os pés e os enrolei com o cobertor bem apertado, depois cobri a cabeça inteira e colei os braços no tronco. Quando fechei os olhos, notei que estava na mesma posição de um cadáver depois de lavado e envolvido na mortalha; então abri os olhos, arranquei o cobertor da cabeça e afastei os pés um do outro.

A ideia da morte se apossou da minha mente. Tentei afugentá-la, mas sem sucesso. Desde que passara dos quarenta, não tinha mais pensado na morte. Até alcançar essa idade, eu achava que não viveria por muito tempo. A ideia de que morreria cedo me perseguia. Não me queixava de nenhuma doença e não só cuidava da minha saúde, como praticava corrida às vezes. Apesar disso, eu tinha medo de morrer. E o que me assustava não era apenas a morte, mas deixar este mundo sem ter desfrutado das suas inúmeras maravilhas, e sem ter concretizado o que sonhava fazer, continuar meus estudos e me tornar professor universitário. Ter uma casa, casar, ter filhos e ver eles crescerem.

Nesses últimos anos, especificamente quando cheguei aos sessenta, comecei a pensar de novo na morte, de tempos em tempos. Mas já não tinha medo como quando era jovem, ainda que desejasse postergar sua visita o máximo possível. Esse pensamento me puxava para outro assunto que começara a me preocupar: meu funeral. Já decidi que quero ser enterrado na Tunísia, no lugar mais próximo possível dos túmulos da minha mãe e do meu pai. Fiz Brigitte e meu filho, Sami, saberem disso.

Embora Brigitte tenha manifestado seu desejo de que eu fosse enterrado no setor do cemitério reservado aos muçulmanos num cemitério parisiense, para que pudesse me visitar e colocar flores no meu túmulo de tempos em tempos e para que eu, mesmo morto, estivesse próximo deles, ainda assim nunca manifestaram objeção ao meu desejo e me prometeram acatar minha decisão.

O problema é transportar o cadáver para a Tunísia em condições adequadas, e em tempo hábil, para não haver atraso no enterro. Os procedimentos são extremamente complexos e os dois não estão acostumados a esse tipo de situação. Por essa razão, eu me perguntei se não seria melhor delegar essa tarefa a uma dessas empresas, que começaram a proliferar na França nos últimos anos, especializadas em transportar cadáveres de muçulmanos ao seu país de origem.

Olhei para o despertador. Depois de mais ou menos uma hora, Brigitte se juntaria a mim. Certamente ficaria grudada ao meu corpo e eu a abraçaria para que ela recebesse um pouco de calor. Fiquei me perguntando se valia a pena, para mim e para ela, fazermos amor naquela noite. Havia um tempo que não fazíamos. Tentei recordar quando havia sido a última vez e não consegui. Só me lembro de que as coisas não foram como eu esperava. Brigitte não estava animada, logo não fez o mínimo esforço; e eu estava exausto.

Na verdade, eu não andava com muita vontade de fazer amor naquela época. Apesar disso, decidi que tentaria. E a motivação para essa decisão foi minha crença de que é necessário fazer amor de tempos em tempos. Eu temia que nosso desejo morresse de uma vez por todas se ficássemos tanto tempo sem sexo. Tenho que confessar que Brigitte é flexível nesse quesito. Raramente rejeita atender aos meus desejos.

No começo, não conseguia imaginar que uma mulher como ela seria tão complacente numa questão tão sensível.

Desde aquele momento, passei a distinguir: por um lado, o comportamento da mulher para fora, bem como suas opiniões e posicionamentos a respeito das grandes causas; e por outro lado, seu modo de agir no mundo do sexo e do desejo. Há mulheres fortes no seu cotidiano que fazem questão de se comportar de modo livre e independente dos homens, mas que se tornam frágeis na cama. No entanto, quando Brigitte faz o que quero, não se trata de fragilidade na hora do sexo — já que ela o aprecia, como a maioria das mulheres —, mas sim do seu modo de expressar amor por mim, imagino.

Certa época, eu me perguntei que tipo de mulher seria Zuhra. Sabia que era bem difícil responder a uma pergunta desse tipo. Às vezes, porém, pensava que ela era dessas que se tornavam frágeis na hora do sexo. Não sei por quê. Talvez pelo tipo de relacionamento que mantinha com Mansur: de longe, me parecia uma relação ambígua e problemática. Existia uma grande diferença entre os dois em vários pontos. Na minha opinião, ela era muito melhor do que ele em quase tudo. Apesar disso, continuava apegada a Mansur como marido, ou pelo menos era o que eu achava.

Na verdade, o que me deixava mais perplexo nessa relação não era seu apego a ele. Toda esposa precisa de um marido que satisfaça suas necessidades afetivas, que a ajude e compartilhe os fardos da vida com ela. Além disso, a mulher árabe não é capaz de viver sozinha e morar sem a companhia de alguém, sobretudo num país estrangeiro, mesmo que seja de personalidade forte e tenha recursos financeiros para tal. Se ela ousar fazer isso, muitas suspeitas vão girar em torno do seu comportamento e surgirão histórias para sujar sua reputação e a honra da sua família. O que me deixava perplexo era ela pedir seus conselhos e, sobretudo, protejê-lo de certa forma. Fiquei ainda mais certo disso depois da briga dos dois.

Lembrei-me do que ela me dissera poucos dias antes de Mansur e seu filho, Karim, viajarem à Tunísia. Relembrei suas palavras, que se mantiveram frescas na minha memória, e concluí que ela tinha me contado aquilo de propósito. É muito improvável que uma mulher inteligente como ela me conte uma novidade dessas por acaso. Mas por que teria feito isso? Será que queria me dizer que iria descansar de Mansur e das brigas deles por alguns meses? Se fosse isso, o que significava? Seria possível que ela já não aguentasse mais o marido e não tivesse mais forças para viver com ele? Ou queria insinuar — mesmo que de longe — que ela não o amava.

E se ela quisesse me levar a pensar em outras questões com o objetivo de reativar nosso jogo de sedução ou então reacender o fogo do desejo em mim? O fato de uma mulher que você ama se encontrar sozinha num apartamento a poucos passos do seu é algo que o encoraja a imaginar muitas coisas maravilhosas. Naturalmente, eu estava preparado para continuar nosso jogo delicioso, bem como a ir mais longe do que tinha ido até aquele momento. No entanto eu estava certo de que não faria nada que pudesse prejudicar Brigitte. Eu nunca a trairia. Repeti isso para mim mesmo, como se estivesse me advertindo para não cometer um erro desses.

Quando Brigitte se achegou a mim, eu me surpreendi que ela me quisesse. Dei-me conta de que veio para o quarto mais cedo do que o normal, além de ter passado muitos minutos no banho antes de vir. O mais importante de tudo: vestia roupas íntimas que ela sabia que me excitavam. Porém só percebi que ela queria fazer amor quando a abracei para esquentá-la um pouco e ela aproximou o rosto do meu, oferecendo seus lábios abertos.

A segunda surpresa da noite foi ainda maior, fizemos amor como fazíamos nos primeiros anos do nosso relacionamento. Durante o ato, Brigitte não se queixou de nenhuma dor nas costas nem pediu que a tomasse com delicadeza — por precaução desde que sua saúde piorou. O desejo intenso que ela sentia fez com que esquecesse todas as dores. Não sei o que estava acontecendo dentro do nosso corpo. O corpo tem uma lógica própria, é tomado pelo fogo da paixão assim que é tocado.

Será que havia alguma relação com os pensamentos sombrios que tive instantes antes? Pensar na morte estaria atiçando meu desejo? Vai saber. Talvez Brigitte também pensasse na morte enquanto estava prostrada no sofá da sala. Talvez uma dor súbita na coluna ou uma cena de novela a motivaram a pensar nisso também. Tudo é possível. Ninguém sabe como e quando esses pensamentos podem brotar em nós.

Nunca ouvi Brigitte falar da morte. É como se esse assunto não fizesse diferença alguma para ela. O que lhe importa é a vida e poder vivê-la na sua plenitude, e que possamos desfrutar o máximo possível do que há nela. E, quando se menciona a morte na sua frente ou ela ouve que algum conhecido faleceu, Brigitte não se afeta muito. É sábia e tem mais capacidade do que eu de aceitar essas coisas. Acho que, no fundo, ela acredita mais no destino e na fatalidade do que eu, embora não seja religiosa.

Depois que o ato terminou, nossos corpos permaneceram ali exaustos e entrelaçados. Estávamos orgulhosos do feito, como dois adolescentes que fazem sexo pela primeira vez. Não dissemos nada, tampouco nos movemos. Era como se o prazer que invadiu nosso corpo tivesse nos entorpecido e feito com que perdêssemos toda e qualquer força para agir. Ou como se temêssemos falar, estragando um desses raros momentos de felicidade. No instante em que nos afastamos, ela me perguntou, enquanto virava as costas para mim:

— Novidades do seu amigo Mansur?

Eu fiquei estupefato. Meu amigo?! Imediatamente me lembrei de que madame Albert dissera que Mansur era tunisiano como eu na ocasião em que pediu para eu intervir na briga entre Zuhra e ele. Claro que Brigitte estava sendo irônica. Mas era a primeira vez que perguntava sobre Mansur sem nenhuma razão. E o mais estranho de tudo era que pela primeira vez se referia a ele dessa forma, dizendo que era um amigo meu, como se utilizasse essa palavra com outro sentido que não o habitual. E continuou:

— Faz um tempo que não o vejo.

Decidi não dizer o que Zuhra me contara, que ele viajaria em breve. Mas acabei voltando atrás na minha decisão um segundo depois. Senti que ela queria que conversássemos um pouco, após aquele longo instante de silêncio. E não quis privá-la disso. De qualquer forma, o assunto não precisava ficar em segredo. Afinal, ele não significava nada para ela.

— Talvez esteja na Tunísia agora.

— Tunísia?!

— Sim. Ouvi dizer que ele viajaria para a Tunísia com o filho e ficaria por lá um bom tempo... uns três meses, supervisionando a construção de um andar na casa deles.

— E Zuhra vai ficar sozinha todos esses meses?!

Não respondi nada. Virou-se para mim e voltou a perguntar num tom que indicava que o assunto lhe interessava, ao contrário do que eu pensava:

— E como você sabe de tudo isso?
— Zuhra... ela me contou.
— Onde?
— Aqui em casa, há alguns dias.
— E Zuhra fala com você sobre assuntos familiares desse tipo?!

Senti que tinha me comprometido. Disse então, aparentando indiferença:

— Às vezes sim... quando ela para de trabalhar para descansar, conversamos.
— Por que ela contou isso para você?
— Foi espontâneo. Uma coisa que puxa a outra.
— Não imaginava que vocês falavam de assuntos privados.
— Não são assuntos privados.
— Se isso não é privado, então o que é? Falar o que ela faz com o marido no quarto?
— Você sabe. A relação entre nós, tunisianos e árabes, não é como a relação dos franceses. Conversamos com facilidade. E falamos sobre esses assuntos sem constrangimento.

Ela ficou em silêncio. Quando o silêncio se prolongou, eu quis testá-la para saber o que passava pela sua cabeça. Peguei na sua mão e comecei a acariciá-la. Depois de um longo instante, apertei seus dedos. Normalmente, ela fazia a mesma coisa de volta, mas dessa vez puxou a mão. Naquele momento, entendi que não lhe agradava que eu falasse com Zuhra sobre assuntos que ela considerava privados.

Temi que isso a levasse a duvidar sobre o que eu dizia a ela sobre Zuhra, desde que começou a trabalhar em casa, e descobrisse que minha relação com ela ia além da relação de um patrão com a empregada ou de um tunisiano com sua vizinha tunisiana. Resolvi ficar calado. Praguejei contra Mansur no meu íntimo. Ele foi se meter na nossa intimidade bem no meio daquele momento bonito, destruindo a felicidade que sentíamos instantes antes.

14.

Não notei nenhuma mudança no comportamento de Zuhra no nosso primeiro encontro, no meu apartamento, depois da viagem de Mansur. Fiquei à espera desse encontro, mais quente do que uma brasa incandescente, para saber como ela iria se comportar comigo agora que estava livre, sem ninguém para vigiá-la, monitorar seus movimentos, lhe dar ordens, ou ainda lhe exigir satisfação. Ela chegou no horário, como de costume, realizou seu trabalho da melhor forma possível e fez a aula com o mesmo interesse habitual. Então foi embora no horário de sempre, logo depois que lhe entreguei o romance *O casamento de Zayn* e respondi à sua pergunta sobre os motivos de Zayn amar a moça, como eu lhe prometera numa das últimas vezes em que esteve na minha casa. Sua aparência também não mudou nada: as roupas eram as mesmas e não havia nenhum vestígio de maquiagem. Ao longo de todo o tempo que ela passou comigo em casa, eu tentei sondar seus pensamentos na esperança de encontrar algo que me mostrasse seu verdadeiro estado psicológico. Mas não tive sucesso. A única coisa que concluí, sem estar muito seguro disso, foi que Zuhra não sofria de solidão. Estar sozinha no apartamento aparentemente não a deixava desconfortável, o que reforçou meu sentimento de que se tratava de uma mulher de personalidade forte.

Nossos encontros semanais se seguiram sem um sinal de que ela havia mudado, nem mesmo um pouquinho, depois da viagem do marido. Contudo o que viria a acontecer com madame Albert teve, sim, um efeito evidente no estado psicológico de Zuhra e, por consequência, em seu comportamento e seu modo de agir comigo. Posso dizer que esse incidente, que não me dizia respeito diretamente — apesar de eu ter ficado sentido com o que aconteceu à minha vizinha, madame Albert, pelo enorme carinho que tinha por ela —, teve, sim, repercussões na nossa relação. O incidente se deu logo depois de um dos nossos encontros semanais. Assim que Zuhra foi embora, comecei a trabalhar. Não estava satisfeito com a aula que tinha dado aos meus alunos na semana anterior. Assim que terminei, eu me dei conta de que não havia sido boa. Consegui ver no olhar dos alunos enquanto saíam da sala de aula. Para Brigitte o motivo era eu estar ficando velho; eu acho que simplesmente não preparei a aula como deveria. Assim, eu me esforcei ao máximo para que a aula seguinte fosse excelente. Justo no momento em que estava empenhado nessa tarefa, ouvi uma batida forte na porta e, na sequência, a voz dela:

— Abra, si Achur, abra! Depressa!

Levantei-me imediatamente e corri para a porta. Assim que abri, Zuhra se lançou na minha direção como se tentasse se proteger de algum perigo iminente. Nunca a tinha visto tão apavorada. Com a cabeça inclinada para a frente, repetia:

— Venha! Venha! Madame Albert...

A porta do apartamento de madame Albert estava escancarada. Entramos e atravessamos um corredor longo e escuro. Havia um odor ruim, indicando que o lugar ainda não tinha sido arejado.

— O que ela tem? O que aconteceu?

— Quando entrei na casa, eu a encontrei no chão.

Madame Albert estava estirada de barriga para cima, imóvel, no chão do banheiro. Os olhos fechados e as pernas afastadas uma da outra. Vestia um roupão aberto na altura das coxas e não usava calcinha. Zuhra não se deu conta de que parte do seu sexo estava exposto. Por um instante, virei meu rosto em respeito à sua intimidade, em seguida peguei uma toalha na parede e cobri suas coxas. Não quis movê-la, porque sabia que mexer, mesmo que um pouco, em quem acabou de sofrer um acidente pode causar danos. Tampouco toquei nela, para não deixar minhas digitais no corpo. Tive medo de acabar me comprometendo. Não sabia exatamente o que acontecera. Tinha certeza de que ela escorregara, ou desmaiara, ou tivera um ataque do coração, pois as pessoas nessa idade — sobretudo as que vivem sozinhas — na maioria dos casos sofrem esse tipo de acidente. Mas também não descartei a possibilidade de ter sido vítima de um assalto. É verdade que a porta não tinha sido arrombada, pois foi Zuhra quem a abriu com a chave extra, que madame Albert lhe confiara meses antes para casos de emergência. Porém todo cuidado é pouco nessas situações. Os criminosos e os ladrões lançam mão de artimanhas e métodos que não se pode imaginar. E talvez o assalto tenha ocorrido no meio da noite, enquanto todos estavam em sono profundo. Quando me inclinei, aproximando meu rosto do dela, descobri que ainda respirava. Fui tomado por uma grande felicidade e chamei a ambulância imediatamente. Os paramédicos chegaram em pouco tempo, examinaram-na rapidamente e prestaram os primeiros socorros; então decidiram levá-la para o hospital. Não nos disseram o que ela tinha, mas concluímos pelos olhares deles, e por um fino fio de sangue que descobriram na bochecha esquerda dela quando a moveram, que estava em estado crítico. Quando souberam que Zuhra era a empregada e que a encontrara naquele estado, perguntaram sobre as doenças de que madame Albert sofria, sobre o que ela tomava no café da manhã e se já havia tido acidentes como aquele antes. Permaneci ali com Zuhra. Era a primeira vez que ficávamos a sós num apartamento sem ser o meu. Eu não quis deixá-la sozinha. As marcas do choque ainda estavam no seu rosto. Eu precisava tranquilizá-la um pouco. Depois de um longo silêncio, trocamos algumas palavras sobre o que poderia ter acontecido a madame Albert. Lembrei-me de que estava preparando a aula para os meus alunos, então decidi voltar para casa. Quando caminhei em direção à porta, fui surpreendido por Zuhra:

— Não vá embora.

Olhei para ela calado e ela continuou em tom de súplica:

— Por favor, fique comigo um pouco.

Não compreendi por que queria permanecer no apartamento de madame Albert. Nada a obrigava. Para mim, parecia melhor que ela deixasse o lugar, para esquecer o que tinha acabado de viver no fim daquela manhã.

— Mas por que você não volta para sua casa agora?

— Não terminei o serviço.

— Você pode terminar de tarde ou amanhã.

— Não posso deixar o apartamento sujo.

Não esperava uma resposta dessas depois de tudo que acontecera. Eu sabia que ela era uma empregada excelente e sempre queria que seu trabalho ficasse perfeito. Mas não pude acreditar no que acabara de dizer. É verdade que o apartamento precisava de faxina, mas ela não era obrigada a fazer isso naquela hora. Não havia urgência. Madame Albert já estava no hospital e talvez ficasse internada por um longo tempo. Talvez nunca mais voltasse para o apartamento. A única coisa que devia ser feita naquele momento era abrir as janelas para arejar os cômodos e dar um fim àquele fedor. E isso não levaria mais do que alguns minutos.

— Você não pode ficar sozinha?
— Não... Eu tenho medo.
— Não tenha medo. Você tem medo de quê?
— Não sei.
— Eu estou aqui perto. Se quiser, posso deixar a porta do meu apartamento aberta.

Ela se aproximou de mim. Fazia um bom tempo que não ficava assim tão próxima. Acho que ela sentia vontade de que eu a abraçasse para protegê-la. Mas no último minuto ela não cedeu. Senti seu cheiro. Era uma mistura de perfume com tudo que seu corpo excretava ao longo de duas horas de trabalho na minha casa. Estava excitante, de certa forma. Não conseguia me afastar dela embora quisesse; então amaldiçoei o diabo, no meu íntimo. Não imaginava que seria invadido por tal sentimento enquanto estávamos naquele tipo de situação, dentro de uma casa em que a dona estava à beira da morte, isso se já não tivesse morrido na ambulância a caminho do hospital. Pela primeira vez, questionei se eu não teria algum tipo de desvio moral. Uma inclinação à libertinagem. Certo dia, li numa revista que o ser humano possui tendências ocultas e enterradas que só se revelam em circunstâncias específicas. E, mesmo assim, escondem-se sob máscaras, de modo que não se consegue reconhecê-las.

Ela começou a limpar a casa. Abriu todas as janelas, arrumou a cama e limpou o chão da sala. Eu a monitorava, maravilhado. E ela sabia. Eu estava certo de que observá-la não a incomodava. De vez em quando, ela se virava para mim. Agora havia mais uma coisa que me unia a ela. Eu lhe prestara um grande favor numa circunstância crítica. Não lhe neguei ajuda quando precisou de mim. Também não hesitei um único instante. Assim que ela recorreu a mim, eu lhe estendi a mão.

No fundo, eu estava radiante e feliz pelo que fiz. E com certeza Zuhra apreciou. Deixamos o apartamento de madame Albert juntos. Antes de nos separarmos, ela pediu que eu não contasse a ninguém o que aconteceu. Quando assenti, concordando, ela segurou minha mão e me cumprimentou. Então se foi. Não era do costume dela me dar a mão quando nos cumprimentávamos; era a primeira vez que pegava na minha mão. Gostei disso. Naquele momento, não tentei ir muito longe na interpretação daquele gesto. Eu o atribuí ao seu estado psicológico. Talvez estivesse confusa a ponto de não conseguir mais controlar os movimentos, e talvez não estivesse plenamente consciente do que fizera. Ou tivesse esquecido, naquele instante, quem era eu e qual a natureza da minha relação com ela. Zuhra se comportou comigo como se eu fosse um parente, a quem recorreria na ausência do marido e do filho.

Voltei para casa e no mesmo instante retomei a preparação da aula. Depois de alguns minutos de trabalho, percebi que meu entusiasmo foi diminuindo e que eu não era mais capaz de me concentrar, pois não tinha me livrado do transtorno de que fui acometido devido ao que aconteceu a madame Albert e a todos os eventos que se seguiram. Esse transtorno aumentou por causa de uma pergunta que invadiu meu pensamento pouco a pouco, até dominá-lo por completo. Por que Zuhra não queria que ninguém soubesse o que aconteceu com madame Albert? E se seguiram mais e mais perguntas, até que me encontrei diante de uma questão estranha que provocou terror no meu âmago. Uma pergunta que jamais imaginei que poderia passar pela minha cabeça, ou que nunca poderia cogitar, nem por um segundo. Mas e se Zuhra fosse responsável pelo que aconteceu a madame Albert? E se ela a empurrou de propósito por algum motivo? Quem sabe madame Albert tivesse discutido com ela ou a ofendido e ela quis se vingar? Existem anciãs de coração muito duro, apesar da aparência bondosa. Existem anciãs cruéis e arrogantes. Há também aquelas que são racistas e tratam suas empregadas como escravas. Talvez Zuhra tenha ficado morta de medo quando viu que madame Albert perdeu a consciência depois que ela a empurrou e resolveu pedir minha ajuda. Talvez quisesse me usar como uma possível testemunha quando os médicos descobrissem que a queda de madame Albert não fora natural, levando-os a suspeitar dela. Foi por isso que Zuhra insistiu que eu visse madame Albert no chão. O que eu dissesse provavelmente iria corroborar sua versão, e assim ela se salvaria de uma séria acusação que poderia resultar na sua prisão, sobretudo se madame Albert morresse.

De repente, levantei-me num pulo e comecei a caminhar pela sala. Estava como quem acabava de despertar de um pesadelo. Ri de mim mesmo. Como pude me entregar a pensamentos daquele tipo? Zuhra jamais faria uma coisa dessas. Quanto a madame Albert, ela era uma mulher boa e generosa, não era ruim nem racista.

15.

O apartamento de madame Albert se encontrava desabitado e trancado, já que os médicos decidiram manter sua proprietária no hospital. Mesmo assim, Zuhra não parou de ir lá diariamente, para limpá-lo e abrir as janelas. Ela queria que tudo estivesse nas mais perfeitas condições para quando madame Albert voltasse. E me pedia que ficasse por perto no apartamento. Não suportava ficar ali sozinha. Ela achava o ambiente lúgubre; tudo que havia ali lhe recordava o que acontecera com madame Albert. Quanto a mim, eu atendia seu pedido na medida do possível.

Desde nosso primeiro encontro no apartamento de madame Albert, percebi que ali Zuhra se comportava de modo diferente. Ela era mais espontânea, mais livre. Era como se na minha casa ela tivesse medo de mim. Era como se o fato de eu me encontrar dentro do meu mundo íntimo, entre meus livros, meus móveis e minhas coisas, servisse de barreira entre nós. Parece que ela não se sentia completamente à vontade no meu apartamento, embora eu fizesse o impossível para que ela não experimentasse nenhum tipo de constrangimento. Será que a presença dela no meu apartamento lhe recordava constantemente que ela era a empregada e eu o patrão? Ou talvez o que a incomodasse fosse o fato de que a casa não era só minha, mas de Brigitte também. Zuhra via as coisas dela por toda parte no apartamento e talvez até sentisse seu cheiro. A mulher sempre deixa seu perfume nos lugares que frequenta.

Agora nos encontrávamos num lugar neutro, nem na minha casa, nem na dela. Um espaço no qual poucos dias antes havíamos passado por uma experiência dolorosa; ali dividimos nossas preocupações, nosso medo e nossa dor, e sobretudo foi ali que demos apoio um ao outro. Tudo isso nos aproximou. Pouco a pouco embarcamos novamente num jogo de sedução. Não esperava que fosse acontecer conosco no apartamento de madame Albert. A coisa foi espontânea, Zuhra quem começou. Na mesma hora, senti que o jogo se tornara mais gostoso e ganhava um sabor especial, já que Mansur, que mais parecia uma assombração à espreita na maioria dos nossos encontros passados, agora se encontrava a mais de dois mil quilômetros de distância.

Um dia, Zuhra chegou com o romance O *casamento de Zayn*. Fazia pouco tempo que ela me contara que tinha começado a tentar ler a primeira página. Eu estava sentado na cozinha sorvendo lentamente o café que ela tinha preparado alguns minutos antes. Zuhra passara a fazer café para mim toda vez que a acompanhava ao apartamento de madame Albert como sinal de gratidão por eu estar ali, como ela dizia. Zuhra tomava o cuidado de fazer o café com o pó e o açúcar que trazia de casa, pois se negava a mexer nas coisas dos outros, sobretudo na ausência da dona. Sentou-se perto de mim, abriu o romance e leu duas linhas inteiras em voz alta. Então olhou para mim e perguntou o que eu achava. Na verdade, ela não leu, apenas soletrou. Corrigi todos os erros de pronúncia e depois expliquei as palavras que ela não compreendia. Releu as duas linhas, cometendo apenas três errinhos simples. Fiquei admirado com sua capacidade extraordinária de aprendizado e então lhe disse:

— É uma pena que você não foi para a escola.

Os olhos dela brilharam. Desde a doença de madame Albert não a via assim alegre. E, para deixá-la ainda mais feliz, acrescentei num tom confiante:

— Se você tivesse ido para a escola, hoje seria professora... como eu... ou até melhor do que eu.

— Se eu tivesse ido para a escola, eu seria enfermeira.

— Enfermeira?! Você gosta do ambiente do hospital?

— A-hã.

— Mas por que enfermeira e não médica?

— Médica? Não, não quero. O médico é responsável pela vida e pela morte. Já a enfermeira não, o trabalho dela é apenas cuidar dos pacientes. E esse é um trabalho fácil.

Ela fechou o livro e voltou à faxina. O apartamento não precisava de limpeza. Toda mobília estava arrumada, mas Zuhra não queria parar de trabalhar. Ela se acostumara a isso. Gostava de se movimentar e de se manter ativa. E agora tinha tempo de sobra. Ela não precisava mais cozinhar para madame Albert nem acompanhá-la nas duas voltas diárias; e não tinha que cuidar do marido nem do filho. Por isso, passava um bom tempo limpando. Eu me questionava se ela fazia isso para me manter com ela, já que sabia que eu não iria embora e a deixaria sozinha lá enquanto trabalhava. Quando terminou de limpar, levantei-me e me encaminhei para a porta. Imaginei que fôssemos sair juntos, como de costume, assim que ela terminasse o serviço. Mas ela não me seguiu, puxou uma cadeira e se sentou. Em seguida, pediu que eu me sentasse perto dela. Eu já lhe dissera que não tinha trabalho aquela manhã, nem em casa, nem na universidade. Era evidente que ela queria se aproveitar disso. Achei que fosse voltar a ler mais duas linhas de *O casamento de Zayn* e que queria minha ajuda, mas nada de abrir o romance. Permaneceu durante um minuto em silêncio de cabeça baixa, como se estivesse pensando no que iria dizer. Quando ergueu a cabeça, uma parte dos seus lábios reluziu. Naquele momento, notei que estavam pintados com um batom muito leve, da cor dos lábios.

— Eu menti para você.

Não entendi o que ela queria dizer. Eu me inclinei na sua direção e comecei a contemplar seu rosto.

— Um tempo atrás, falei para você sobre minha família na Tunísia e como partimos para a capital. Eu disse que meu pai se recusou a matricular minha irmã e a mim na escola. Lembra?

— Sim.

— Foi minha mãe que se recusou.

— E por quê?

— O irmão dela mandou que ela se recusasse. Esqueci de contar que tínhamos um tio. Ele tinha ido para Túnis antes da gente. Foi ele quem nos recebeu na capital. Não conhecíamos mais ninguém. Meu tio nos abrigou na casa dele até meu pai conseguir alugar um quarto... Ele era mais velho do que a minha mãe e ela o respeitava muito. Ele influenciava ela.

— E por que ele pediu isso?

— Ele era muito religioso e achava que meninas não deveriam ir para a escola. No início, nem aceitava que trabalhássemos em casa de família. Mas meu pai não tinha a mesma opinião. Ele também respeitava meu tio, porém dessa vez não deu ouvidos a ele. De toda forma, não tinha outra opção. A gente tinha que trabalhar, minha irmã e eu, para ajudar no sustento da família.

A primeira pergunta que me veio foi: por que ela mentiu? E a segunda: por que me contou isso agora? A verdade é que esse assunto não me interessava tanto assim. Muitos meninos e meninas da geração dela não foram para a escola por motivos diversos, e homens do tipo do tio dela não eram raros na Tunísia. Pode ser que tenha me contado naquele momento porque representava algo fundamental para ela. Talvez ela estivesse introduzindo um fato mais importante que viria mais adiante. O que chamou minha atenção e me alegrou foi que ela passou a confiar muito em mim, pois, se não fosse assim, não teria me relatado essa história, já que ela não era em absoluto obrigada a fazer isso.

— Ele era fanático e odiava o presidente Bourguiba. Estava sempre insultando ele. Dizia que ele era um infiel e que odiava o Islã. Isso é verdade?

— Não acho que ele era um infiel e que odiava o Islã. Ele odiava os muçulmanos tradicionalistas.

— Tradicionalistas?! O que isso significa?

— Aqueles que não querem evoluir.

Ela balançou a cabeça e disse:

— Não entendo desses assuntos, mas gosto do Bourguiba. Eu sempre queria assistir a seus discursos na televisão. Gostava de como ele falava e de como se mexia.

Lembrei-me das discussões acaloradas sobre a política de Bourguiba com meus amigos tunisianos na época em que eu ainda os encontrava. Um deles era seu admirador e não admitia que o ofendessem. Quando queríamos rir ou zombar desse amigo, abríamos o "dossiê Bourguiba". Meu amigo reagia irritado quando ouvia alguém falando mal de Bourguiba ou quando o comparávamos a Abdel Nasser, que era alvo constante das críticas desse nosso amigo, que o considerava um líder principiante na política em comparação a Bourguiba.

Zuhra se levantou e fechou a janela da sala que tinha deixado aberta durante o tempo que passamos no apartamento. Então, como de costume, perambulou pela casa para inspecionar se tudo estava em ordem antes de sairmos. Enquanto caminhávamos em direção à porta, perguntou:

— E como era sua mãe?

Eu já tinha lhe falado da minha mãe quando Zuhra me perguntou sobre minha família nos nossos primeiros encontros. Contei que ela falecera quando eu tinha dez anos e que a amava mais do que amava meu pai. Também falei que ela era franzina e que sofria de tuberculose. Eu sentia uma enorme dor ao vê-la tossir a noite toda nos últimos dias de vida. Não sei por que me perguntou sobre ela naquele momento. Talvez falar sobre sua mãe tenha feito com que se lembrasse da minha. Quem sabe ela quisesse demonstrar que também se interessava pela minha família. Eu não tinha vontade nenhuma de falar sobre minha mãe naquele momento, nem sobre algum outro assunto. A verdade é que comecei a ficar cansado e estava com vontade de voltar para casa. Respondi, displicente:

— Como todas as mães na Tunísia...

Depois de fechar a porta, Zuhra me agradeceu por ter estado com ela. Eu já tinha me habituado, pois dizia isso todas as vezes. Mas o que me surpreendeu foi ela ter segurado a minha mão e a apertado um pouco antes de cada um ir para o seu lado. Ela havia feito a mesma coisa no dia em que encontrou madame Albert desacordada no banheiro e me pediu socorro. Na ocasião, atribuí o gesto ao estado de choque e confusão intensa, mas desta vez Zuhra estava calma e equilibrada. O que ela fez não foi automático. Ela não era uma adolescente e com certeza sabia o que estava fazendo quando segurou minha mão. Assim como sabia bem que, na sua simplicidade, esse gesto teria forte impacto sobre mim. E ela não se contentou em segurar minha mão, também a apertou um pouco.

Regressei ao meu apartamento com um turbilhão de pensamentos e feliz ao mesmo tempo. Será que com esse gesto ela desejava que mudássemos as regras desse jogo de sedução? Estaria ela querendo que fôssemos mais além dos limites que estabelecemos? Até aquele momento, o jogo tinha sido simples, inocente e divertido, apesar dos seus efeitos e repercussões. No que tocava a mim, além do jogo, havia também um amor por Zuhra que eu insistia em manter em segredo, um amor sobretudo platônico, porque não queria jamais trair Brigitte e embarcar numa nova aventura afetiva. Não sei se seria capaz de suportar suas consequências física, psicológica e emocional. E o que me deixou mais confuso e desorientado foi que esse gesto acontecia na ausência do marido e do filho, e num período sensível, em que nos aproximamos mais um do outro devido ao que ocorreu com madame Albert.

16.

Era a primeira vez que passava uma noite sozinho em casa depois de muito tempo. Brigitte viajou para Barcelona, onde ficava a sede do banco espanhol em que trabalha. Ela foi convocada a comparecer a vários encontros com o diretor da instituição e outros funcionários de alto escalão. Partiu de manhã cedo e teria que voltar a Paris no fim da tarde, mas acabou me ligando para avisar que fora obrigada a adiar seu regresso para o dia seguinte, pois não tinha conseguido terminar sua tarefa. Confesso que fiquei feliz com a notícia. A casa inteira — e sobretudo a cama — só para mim, a noite toda! Iria jantar como e quando bem quisesse. Não seria preciso seguir as regras de Brigitte, que exige que jantemos à mesa e num horário preestabelecido, isto é, às oito.

Passei uma noite maravilhosa. Sem precisar ficar no quarto de Sami, como faço quando Brigitte está em casa, já que a sala foi tomada por ela há algum tempo, sobretudo depois que seu estado de saúde piorou. Assisti ao filme *Thelma e Louise*, de Ridley Scott, que já tinha visto duas vezes. Há filmes aos quais não me canso de assistir, e esse é um deles. Quando gosto de um filme, compro logo o DVD assim que é lançado. Dessa forma posso vê-lo em casa a hora que eu quiser.

Achava que iria dormir bem depois dessa noite gostosa, mas perdi o sono. Saí do quarto, voltei para a sala e deitei-me no sofá. Não liguei a televisão tarde da noite com medo de incomodar os vizinhos. Peguei uma das revistas femininas que Brigitte comprava e comecei a folheá-la vendo as imagens, na sua maioria mulheres. Muitas delas lindas e algumas com roupas íntimas ou nuas. Lembro-me de que nos primeiros anos em Paris eu ficava encantado com as imagens de mulheres nuas. E o que me atraía nessas fotos era a beleza sem igual do corpo delas, algo que eu nunca tinha visto. Como se não fossem seres humanos, mas sim esculturas. Mais tarde, quando conheci Brigitte, meu encanto por essas imagens foi diminuindo, pois ela me explicou que aqueles corpos não correspondiam à realidade, uma vez que os fotógrafos faziam várias alterações nas fotos, eliminando todos os defeitos. Devolvi a revista ao seu lugar e passei a olhar para o teto com desinteresse. Então me lembrei do que Zuhra tinha feito comigo alguns dias antes, enquanto saíamos do apartamento de madame Albert. Eu dissera a mim mesmo que não daria mais importância àquele gesto do que ele merecia. Consegui esquecê-lo, em parte. Mas agora que estava sozinho no apartamento, uma hora dessas, em meio ao silêncio calmo e profundo da noite, considerei que aquele gesto podia indicar algo mais profundo e mais sério do que tinha passado pela minha cabeça até aquele momento. A coisa não parou por aí, pois me dei conta de que não reagi da melhor forma: eu fui passivo. Eu tinha que ter dito algo, ou feito uma pergunta, ou simplesmente apertado sua mão também para testar suas intenções e ver qual seria sua reação. Isso não significaria uma mudança no meu papel no jogo ou o rompimento de tudo com que me comprometi desde o início. Além do mais, não existia o medo de que minha força de vontade acabasse depois de tomar essa atitude, pois confiava em mim mesmo e era capaz de controlar meus sentimentos.

Ela estava sozinha em casa. Eu estava sozinho. Com certeza dormia, mas vai saber... Talvez tivesse perdido o sono também por algum motivo. Quem sabe ela não estava pensando na mesma coisa que eu. Talvez ela tenha se lembrado, como eu, do que acontecera enquanto nos separávamos diante da porta do apartamento de madame Albert. Talvez tivesse se dado conta do significado do que ela fizera comigo. Há coisas que fazemos sem pensar ou de modo automático e que não parecem importantes na hora. Mas, depois de certo tempo, em outras circunstâncias, em outro estado psicológico, nossa visão muda. Então percebemos seus reflexos e suas consequências sobre os outros. Não sei como de repente uma ideia que nunca me passou pela cabeça começou a me atormentar. Talvez ela não estivesse sozinha como eu pensava. Ela poderia estar em companhia do vizinho, do espanhol monsieur Gonzalez, ou quem sabe... na casa dele! Com certeza ele notou a ausência de Mansur e do filho há vários dias. Poderia até saber que viajaram para a Tunísia. Era muito provável que ele tenha tido pena dela por ver que estava sozinha e tenha feito o convite para que ela passasse a noite na sua casa, na sua companhia, a fim de amenizar o sentimento de solidão dela. Não acredito que Zuhra aceitaria um convite desse tipo, sobretudo na ausência do marido. Mas tudo é possível nesta vida. Não há nada mais duro do que a solidão e há pessoas que não têm força suficiente para suportá-la por muito tempo.

Monsieur Gonzalez era um homem bom e educado. A maioria dos vizinhos tinha consideração por ele, gostava dele e confiava nele. E como teve diversas profissões antes de se aposentar, era muito habilidoso em vários trabalhos manuais. Ele não hesitava em oferecer ajuda a qualquer um que necessitasse de um reparo qualquer, não importava a hora. Por essa razão, ele conhecia muitos apartamentos do edifício. E o que levava os moradores a considerá-lo ainda mais é que ele fazia vários consertos pequenos de graça. Só pedia algum retorno financeiro quando o reparo levava muito tempo, ou se insistissem, como era o caso de madame Albert, que solicitava sua ajuda continuamente. A princípio não haveria nenhum problema que Zuhra frequentasse a casa de monsieur Gonzalez de noite. Mas e se esse espanhol tivesse segundas intenções? E se ele estivesse se aproveitando da ausência de Mansur para se aproximar dela? Será que ele gostava dela como eu? Afastei essa possibilidade, pois ele já tinha idade avançada, embora ninguém fique velho sem ter se interessado por uma mulher antes. E de toda forma ele não era muito mais velho do que eu. Logo, não havia nada que o impedia de gostar de Zuhra e de se envolver com ela. Como todo ser humano, ele tinha sentimentos e um coração que batia. E depois ele estava sozinho e Zuhra ainda tinha algo que podia atrair os homens. Alguns europeus sonham com as mulheres do Oriente, as fantasias que alimentam fazem com que fiquem fascinados por elas. Pouco a pouco me vi afundando num mar de pensamentos; comecei a sentir que o ciúme tomava forma dentro de mim. Nunca imaginei que um dia sentiria ciúme de monsieur Gonzalez. Ter ciúme de um homem de um status melhor, mais bonito, mais jovem, é compreensível. Agora ter ciúme de um senhor inofensivo, prestativo e sorridente, como era o caso de monsieur Gonzalez, era estranho e doloroso. Essa foi a prova de que tudo escapou do meu controle e que despenquei ladeira abaixo.

Passou pela minha cabeça ligar para Brigitte. Era possível que uma longa conversa com ela sobre o que aconteceu durante suas reuniões com o diretor do banco e os outros altos funcionários, bem como suas impressões sobre o que se passou, me fizesse esquecer o assunto. Não falamos sobre nada disso quando ela me telefonou para me informar o adiamento do seu regresso. Ela usou todo o tempo da ligação para falar como gostava do hotel luxuoso onde o banco reservou um quarto para ela, sobre uma *paella* deliciosa que tinha comido num restaurantezinho, da volta que deu pela Rambla e que infelizmente não conseguiu visitar a casa de Antoni Gaudí, que sempre tentava ver quando ia a Barcelona. Eu sei que ela não se incomoda que eu telefone para ela quando está em outro país, mesmo que seja diversas vezes no dia. Mas o problema era que já estava tarde. Era muito provável que ela estivesse dormindo, e tive medo de despertá-la, ou pior, de que ela se assustasse ao ouvir o telefone tocar a uma hora daquelas. Só eu ligaria para ela tão tarde da noite. Ela poderia pensar que se tratava de alguma emergência ou que alguma tragédia tinha acontecido comigo ou com Sami.

Eu me levantei de uma vez e voltei para o quarto. Deitei-me na cama e me encolhi debaixo do cobertor com a esperança de esquecer tudo aquilo. Depois de alguns instantes, me dei conta de que não conseguiria dormir de jeito nenhum e que eu tinha que aceitar esse fato com o máximo de paciência possível. Felizmente, nada importante me aguardava no dia seguinte; nem aula na universidade, nem alguma tarefa a ser cumprida. Acendi a luz e saí à procura do que fazer para retomar minha tranquilidade.

Pouco depois, resolvi subir até o quinto andar onde ficava o apartamento de monsieur Gonzalez. Essa era a única solução se eu quisesse saber se Zuhra estava na casa dele. Não pararia de sofrer se não fizesse isso. Eu me aproximaria o máximo possível da porta do apartamento e espreitaria. Isso tudo não levaria mais do que poucos minutos. O mais importante era ser bastante cauteloso para que monsieur Gonzalez não percebesse que eu estava ali, tampouco algum vizinho me visse, mesmo que eu tentasse afastar essa hipótese por todos estarem num sono profundo. Se não ouvisse nada, e isso era o que esperava, eu me tranquilizaria e conseguiria me libertar dos pensamentos que assombravam a minha mente.

Assim que saí de casa, subi as escadas depressa. Tinha que cumprir a minha missão no menor tempo possível. Quase sempre fico ofegante quando subo vários lances de escada depressa e sem parar. Dessa vez, não senti cansaço nenhum, era como se uma força invisível me impelisse. Não acendi a luz e, por sorte, a escuridão não era intensa. Havia uma luz ínfima que entrava no edifício pelas janelas próximas à escada, vinda talvez de algum poste distante na rua. Quando alcancei o quinto andar, notei que não tinha trocado de roupa e que permanecia de pijama. Também percebi que não havia calçado os sapatos. Usava uma pantufa velha, que eu precisava jogar no lixo já fazia um bom tempo. Com certeza meu cabelo não estava penteado e imediatamente me lembrei de Mansur. Assim como todos os moradores, eu estranhava quando ele saía com roupas velhas e largas, usando pantufas. Veja, estava fazendo a mesma coisa que ele!

Aproximei-me do apartamento de monsieur Gonzalez e estiquei o pescoço para ouvir. Nenhum som, nenhum movimento lá dentro. O silêncio era tão profundo que eu podia ouvir as batidas do meu coração. Ninguém mais na casa de monsieur Gonzalez além dele mesmo. Zuhra não estava passando um tempo ali na sua companhia. Com certeza, estava na casa dela. Tudo que eu pensava instantes antes não passava de meras obsessão e ilusão. Fui tomado por uma sensação profunda de tranquilidade. Mas não deixei o lugar assim tão rápido. Permaneci ali por um instante, gozando dessa descoberta. Ao descer as escadas, ouvi um pouco de ruído. Enquanto tentava entender sua natureza e reconhecer sua origem, a luz instantaneamente cobriu o ambiente. Alguém acendeu a luz em algum andar do prédio. Alguém voltando para casa ou saindo. Eu me vi descoberto, nu. Estava entre o segundo e o primeiro andar. Faltavam apenas alguns passos para chegar em casa. Se eu não tivesse me demorado diante do apartamento de monsieur Gonzalez, já teria chegado ao meu apartamento naquele momento. Corri para o canto mais próximo e me mantive reto grudado na parede. Ouvi o som de passos, que foi seguido pelo barulho do elevador se movendo. Só soube que estava subindo quando passou na minha frente.

Deitei-me na cama. Estava satisfeito comigo mesmo. Tinha efetuado minha missão com sucesso. Eu me arrisquei, mas consegui. E o melhor de tudo é que tive plena certeza de que monsieur Gonzalez continuava a ser como o conhecia e como todos o conheciam no edifício: um homem bom, educado e prestativo que não oferecia riscos nem para mim, nem para ninguém, por isso não deveria temê-lo nem ter ciúme dele. Agora eu dormiria profundamente. Podia despertar a hora que quisesse. Nada exigia que eu acordasse cedo. Faria como Brigitte, que dorme até tarde nos dias de folga.

No entanto, assim que fechei os olhos, me veio à mente a cena da falta de cuidado a que me submeti ao subir até o quinto andar. Mais uma vez, eu me lembrei de Mansur. Achava que éramos tão diferentes, que estávamos em extremos opostos, apesar de sermos ambos tunisianos — o que não interessa no fim das contas, já que há diversos tipos de tunisianos não só no exterior, mas na própria Tunísia. Contudo a verdade é que havia coisas que nos uniam. E talvez fôssemos parecidos, mais até do que eu podia imaginar. Estávamos os dois no exílio, residindo na mesma cidade, no mesmo bairro e no mesmo edifício. Cada um possuía seu próprio apartamento. E o mais importante de tudo era que tínhamos um relacionamento com a mesma mulher. Ele como marido e eu como alguém que gostava dela, seu amante secreto. O estranho era que eu sabia de tudo isso, mas nunca consegui assimilar. Talvez não quisesse aceitar o fato no meu inconsciente, pois o eliminei da memória completamente. Pela primeira vez, senti que Mansur tinha algum vínculo comigo.

17.

Madame Albert nunca mais voltou para seu apartamento. Faleceu no hospital. Se disser que sofri com sua morte, estarei mentindo. Ela viveu uma vida longa, noventa anos, e em condições excelentes, pois era rica. Era feliz, apesar de ter optado por viver sozinha. Até onde sei, também não sofria de enfermidades graves. Porém isso não significa que sua morte não me afetou em absoluto, já que era uma boa vizinha. Nunca causou problemas para mim ou Brigitte. Nós nos respeitávamos mutuamente. Tínhamos uma relação afetuosa com ela, embora nunca tivesse acontecido de a convidarmos para nossa casa ou mesmo entrarmos na casa dela.

Durante sua internação no hospital, Zuhra a visitou duas vezes, mas não conseguiu falar com ela, pois estava inconsciente. Na segunda vez, deixou nome, número de telefone e endereço na administração do hospital. Foi assim que ligaram para ela informando sobre o falecimento. Na mesma hora, Zuhra avisou a senhora que vivia em Bruxelas, a qual tinha uma espécie de grau de parentesco obscuro com madame Albert. Ela tinha dado seu número a Zuhra fazia um tempo, recomendando que entrasse em contato caso madame Albert viesse a falecer. Era natural que Zuhra ficasse triste com o falecimento de madame Albert, mas eu não imaginava que ficaria tanto assim. Não duvidei nem por um segundo que seu choro fosse sincero. Apesar disso, eu me questionava de vez em quando se ela chorava por causa da morte de madame Albert apenas, ou por outros motivos também. Às vezes, a catástrofe pode ser uma oportunidade para recordar antigas tristezas que não conseguimos superar e que permanecem enterradas na nossa alma. O importante é que gostei da sua postura e fui tocado pelo seu choro caloroso e sua tristeza verdadeira por uma anciã de quem não era parente. Captei ali certa lealdade e um pouco de nobreza. No entanto o que mais me surpreendeu foi ela demonstrar uma vontade enorme de comparecer ao enterro. Fazia um tempo que madame Albert tinha contratado uma agência funerária — assim como faz a maioria dos idosos sem parentes —, a fim de reservar um túmulo no cemitério que queria e para que organizassem o enterro, além de se encarregarem do cerimonial. Zuhra ligou para a amiga de madame Albert — uma mulher que a visitava, certa época — para que viesse ao enterro, mas ela lhe respondeu que estava doente, além de não conseguir mais se mover devido à idade avançada. Já a parente que vivia em Bruxelas se desculpou por não poder comparecer, sem mencionar o motivo. Isso doeu em Zuhra. Naquele momento, surgiu nela essa vontade que rapidamente se transformou em decisão.

Ela não queria que sua patroa, com quem convivera anos a fio, fosse enterrada sem que ninguém comparecesse ao enterro. Obviamente não compartilhou da sua decisão com nenhum tunisiano ou árabe que conhecia, pois tinha certeza de que se oporiam, partindo do pressuposto de que madame Albert não era muçulmana. Ir a um enterro de alguém que não é muçulmano é pecado, como vivem dizendo. Ela sabia de tudo isso.

— Deus é Clemente e Misericordioso com todos os Seus servos — ela me disse.

Não pediu minha opinião. Talvez ela achasse, pelo meu silêncio, que eu não me opunha. De qualquer forma, era evidente que estava determinada e não voltaria atrás. Porém o mais estranho nisso tudo foi ela ter me pedido para eu ir ao enterro com ela! Eu não esperava que ela fosse me pedir algo do tipo. Recusei imediatamente, pois minha relação com madame Albert não era profunda o bastante para que eu tivesse que comparecer ao seu enterro. Ter ficado um pouco triste por ela já era suficiente. Além do mais, acho os funerais na França extremamente sinistros. Fiquei ainda mais convicto disso no funeral do tio de Brigitte. Enfia-se o corpo num caixão que é transportado de carro até o cemitério e depois se enterra o corpo sem tirá-lo do caixão. A maioria das pessoas veste preto e ninguém dá um pio. Sem hinos, sem rezas, nada além de olhos fechados e um silêncio pesado que só é quebrado pelo som dos passos no chão.

Nossos funerais também são sinistros, mas muito menos. Dos poucos enterros a que compareci quando criança nenhum se compara a estes, na minha cabeça, em termos de melancolia. Quando minha mãe faleceu, obviamente chorei por ela, como todos os presentes o fizeram. Mas me lembro de não estar triste durante a cerimônia. Pelo contrário, eu estava orgulhoso de seguir atrás do corpo. Haviam permitido que eu ficasse com os homens, logo na primeira fileira atrás do cortejo. Até hoje não sei por quê. As crianças sempre caminham bem mais atrás durante o funeral. Em outras ocasiões, são proibidas de comparecer ao cortejo, a princípio. Talvez fosse por eu ser mais ligado à minha mãe do que meu irmão e minha irmã. Seu cadáver estava envolto numa mortalha tão branca que reluzia sob os raios do sol. Nunca tinha visto um branco tão brilhante como aquele. Sentia também o perfume que haviam passado no corpo dela depois de lavá-lo. Eu desfrutava do que era repetido pelas belas vozes emocionantes dos homens, embora se sobrepusessem e se interrompessem. "Ó Clemente, ó Clemente, aqui está Vosso servo... ó Clemente, ó Clemente, aqui está Vosso servo..."

Mas Zuhra não perdeu as esperanças. Ela continuou insistindo e me implorando: "Mas você é homem, é professor, um estudioso que sabe das coisas. Eu sou apenas uma mulher simples... uma empregada doméstica. Não sei como agir ou o que dizer se me perguntarem mais detalhes. A pobre mulher não pode ser enterrada sem ninguém ir ao seu enterro. Já basta ter vivido a vida inteira sozinha". Mas segui firme na minha posição. Só aceitei quando me informou que monsieur Gonzalez iria ao enterro. Zuhra ficou radiante com minha decisão e pediu que tudo permanecesse em segredo. Mais um para nos unir. E que segredo!, repeti a mim mesmo.

Fomos para o cemitério na companhia de monsieur Gonzalez no horário determinado pela agência funerária. Quando chegamos, fomos surpreendidos com a presença da parente de madame Albert que vivia em Bruxelas. Estava parada na entrada. Foi ela que se aproximou e se apresentou a Zuhra. Era uma mulher de uns cinquenta anos. Elegante, tudo indicava que se tratava de alguém de nível social elevado. Como se estivesse se desculpando, disse a Zuhra que, quando ela lhe telefonou para comparecer ao funeral, pensou que não seria possível, porém mais tarde deu tudo certo.

Depois de alguns instantes, chegou o corpo diretamente do hospital num carro preto. Estava dentro de um caixão de madeira brilhante de cor marrom. Madame Albert tinha escolhido a qualidade da madeira, o formato e a cor do caixão. Os homens que se ocupavam do enterro vestiam preto e eram extremamente gentis e educados. Prestaram-nos as condolências e então nos pediram que seguíssemos o carro até a cova que aguardava o corpo. Caminhamos por um corredor em silêncio. Entre nós e o carro não havia mais do que três ou quatro metros. O veículo andava bem devagar para não se afastar de nós. Caminhávamos um ao lado do outro, bem próximos, como se buscássemos o apoio mútuo para suportar a situação. Zuhra ia no meio. Era a que estava mais abalada.

Nunca imaginei que estaria um dia com ela num cemitério para comparecer a um enterro!

Pensei que madame Albert tinha sorte, pois havia quatro pessoas no seu cortejo, o que é um número razoável em se tratando de um morto sem família. Com certeza ela nunca tinha sonhado com isso. É muito improvável que ela tivesse imaginado que eu estaria entre essas quatro pessoas. Talvez isso não tenha passado nem mesmo pela cabeça da sua empregada, Zuhra. De qualquer forma, se Mansur e seu filho não estivessem na Tunísia, ela jamais teria ousado ir ao enterro. Contudo quem sabe madame Albert não ligasse para nada disso. Talvez não a incomodasse em absoluto a ideia de partir sozinha para seu túmulo, como sempre foi a vida toda, e que ninguém a seguisse no seu enterro.

Do nada, me veio à mente o assunto do meu próprio funeral e do transporte do meu corpo para a Tunísia, que vinha me preocupando desde quando tomei a decisão de ser enterrado no meu vilarejo. Para me livrar desses pensamentos, comecei a olhar a esmo para os altos ciprestes enfileirados na lateral do corredor; depois me imaginei contando a Brigitte o que tinha ocorrido naqueles instantes. Obviamente não o faria no fim da tarde, quando voltava do trabalho, pois estaria cansada, nem durante o jantar, nem na cama antes de cair no sono. Não se fala sobre um assunto triste desses nessas situações. Eu lhe contaria a história durante um comercial, quando ela estivesse assistindo à televisão.

"Sabe aonde fui hoje? Ao cemitério. E sabe por quê? Para o enterro de madame Albert. Sim... hoje fui ao enterro de nossa vizinha! Mais do que isso, recebi as condolências como se fosse da família." É muito improvável que ela acreditasse. Pensaria que eu estava brincando e me julgaria por estar fazendo piada do falecimento da mulher.

Era meio-dia. Não chovia, não havia nenhuma nuvem no céu, apenas o ar frio. Fiquei surpreso com o número elevado de pessoas no cemitério, na sua maioria visitantes e turistas. Eu sabia que os cemitérios daqui são tão visitados quanto os parques públicos, atraindo turistas, mas não imaginava que a procura fosse tão grande assim. Estavam espalhados por todos os cantos. Observavam os túmulos e liam algumas lápides, além de tirar fotos. Não se davam conta da nossa presença, a não ser quando passávamos perto deles. Paravam de falar, abaixavam a voz ou, pelo menos, se afastavam. Evitavam até mesmo olhar. Estava evidente que um funeral era a última coisa em que estavam interessados naquele cemitério. Quem sabe se comportavam assim em respeito a nós e por consideração ao morto. Talvez acreditassem que um enterro é um assunto familiar e privado, ou até mesmo íntimo, de modo que não é permitido ser intrusivo nem mesmo com um olhar, fazendo do evento um espetáculo. Assim que nos afastamos, voltaram a se entreter com os túmulos.

A parente de madame Albert agradeceu nossa presença. Ela disse que não imaginava que árabes, ou estrangeiros, compareceriam ao funeral de uma francesa de quem não eram parentes. Antes de se despedir, enalteceu Zuhra pelos serviços prestados a madame Albert e pediu que cuidasse do apartamento e continuasse a limpá-lo até que ela regressasse a Paris para cuidar do inventário e pôr o apartamento à venda, pois madame Albert tinha escolhido um herdeiro antes de morrer.

Na entrada do cemitério, nos despedimos de monsieur Gonzalez e fiquei a sós com Zuhra. Nunca havíamos nos encontrado fora do edifício. Era a primeira vez que caminhávamos lado a lado pelas ruas de Paris. Ela estava distante de mim. Não dizíamos nada um para o outro nem nos olhávamos. Depois de uns duzentos metros, comecei a me aproximar dela pouco a pouco, a ponto de nossos corpos quase se tocarem. Zuhra não se afastou. Achei que ela inclinava a cabeça cada vez mais na minha direção. Continuava tocada pelo enterro. Depois de hesitar, sugeri irmos a um café para espairecer um pouco e tomar algo, e ela concordou. Foi Zuhra quem escolheu a mesa em que nos sentamos. Encontrava-se no ponto mais distante da porta, bem no canto, de modo que nenhum passante na rua pudesse nos avistar. Ela estava consciente de que estarmos juntos num café não era algo comum; ela sabia o que estava fazendo. E tomava todas as precauções. Naquele café, ousei fazer algo que nunca tinha feito. Segurei sua mão e comecei a acariciá-la. E não parei por aí, depois de um instante me inclinei e dei um rápido beijo na sua bochecha. Eu queria aliviá-la e consolá-la para que saísse daquele estado emotivo em que se encontrava.

Fiz aquilo sem hesitar e sem pensar em qual seria sua reação. Ela abaixou a cabeça sem dizer nada. E, quando voltou a me olhar, não vi nos seus olhos nenhum indício de incômodo pelo que eu fizera. Era como se aquilo não lhe dissesse respeito. Era como se a mão que acariciei não fosse a sua, e a bochecha que beijei não fosse dela. Eu não quis naquele momento procurar uma explicação para o seu silêncio, pois estava entorpecido pelo que tinha feito. No entanto esse torpor não durou muito, pois bastou que ela recolhesse a mão para eu ser tomado por um embaraço seguido de medo.

Então considerei que esse meu gesto inocente me levara — sem que eu percebesse — a uma nova fase da minha relação com ela. O mais sério em tudo isso foi que Zuhra não pareceu oferecer resistência ou qualquer coisa do tipo, o que significava que eu poderia um dia, se quisesse, ir mais longe com ela do que eu acabara de fazer. É verdade que o beijo foi do tipo afetuoso e de consolo, de modo que eu continuava comprometido com o jogo de sedução dentro dos limites que me impusera. Também tinha confiança em mim mesmo; mas será que o ser humano consegue se manter sempre firme num mundo de sentimentos, impulsos e desejos, ainda mais em matéria de amor?

18.

No chão, sombras alongadas estendiam-se para o leste, atravessando a praça redonda cercada por negócios. O vilarejo começou a ficar mais movimentado depois da calma e do silêncio da sesta. Os comerciantes saíam de suas lojas para varrer a entrada e espargir água para resfriar o chão. Alguns ficavam de pé em frente à porta, outros se sentavam no chão sobre sacos de farinha, açúcar, grão-de-bico e favas empilhados próximo à entrada, aguardando os clientes. De repente, o ruído do motor de um ônibus vindo da capital foi se intensificando, subindo a estrada. Os carregadores começaram a se concentrar no meio da praça, examinando suas ferramentas, carroças e cordas e se preparando para trabalhar. Juntaram-se a eles as crianças que tinham faltado à escola, ocupando o local perto de onde parava o ônibus para não perder nada do evento. Alegria e confiança transpareciam no rosto dos que aguardavam os viajantes, que suplicavam a Deus que o ônibus por fim chegasse em segurança depois de uma longa viagem entre o vilarejo e a capital.

E não eram apenas as crianças que se mantinham atentas à chegada do veículo vindo da capital. Todos adoravam o acontecimento: os comerciantes, porque essa chegada gerava movimento no mercado local, trazendo novos clientes; os moradores, por reencontrar parentes queridos que não viam fazia muito tempo; os pedintes e moradores de rua, que aproveitavam a generosidade dos viajantes da capital; por fim, os curiosos, pela chegada do ônibus. Todos os presentes o seguiam. Os viajantes então se lançavam nos braços dos que vinham acolhê-los, e as malas e bolsas empilhadas no teto eram lançadas para baixo. Tudo isso ao mesmo tempo formava um divertido e emocionante espetáculo.

Eu aguardava minha mãe, que vinha entre os viajantes. Estava ansioso para vê-la. Fazia muito tempo que não a encontrava. Eu estava sozinho. Ninguém da minha família aceitou vir comigo recebê-la. No entanto fui pego de surpresa ao perceber que minha mãe não chegou. A surpresa passou a ser um choque quando vi madame Albert entre as passageiras. Ela olhava ao redor como se procurasse alguém. Quando me viu, sorriu e veio na minha direção a passos largos. Estava muito mais jovem do que quando a conheci e com boa saúde. Ela vestia roupas tradicionais como aquelas das mulheres do vilarejo, com chapéu de palha largo. Eu tinha certeza de que ela havia morrido e eu estivera no enterro. Quando estava a três passos de mim, os traços do seu rosto começaram a mudar e num segundo ela se metamorfoseou na minha mãe. Um pavor tomou conta de mim, percebi que estava em perigo e comecei a gritar por socorro.

Naquele momento, senti uma mão fina e morna acariciando minhas costas. Ouvi uma voz calma e tranquilizante: "Não tenha medo... foi apenas um pesadelo". Era Brigitte ao meu lado na cama. Eu me virei e me ergui na sua direção, num pulo, como se quisesse protegê-la do que acabara de ver; ela me abraçou contra o peito com força.

— Você se virou de repente e gritou. Por sorte, eu não tinha dormido ainda. Tente esquecer e durma.

Brigitte se desvencilhou de mim e me deu as costas. Segurei sua mão e a apertei, demonstrando gratidão. Na mesma hora, comecei a recapitular o sonho, concentrando-me nos detalhes que ainda lembrava, para não os esquecer no dia seguinte. Eu sabia que, se não fizesse assim antes de cair no sono, pela manhã só restariam alguns poucos fragmentos. Rapidamente as interrogações começaram a se acumular na minha cabeça. Por que minha mãe, que falecera havia tantos anos, estava entre os passageiros do ônibus? Além do mais, minha mãe nunca visitou a capital, nunca viajou em toda a sua vida. Sem contar nosso vilarejo, neste mundo todo ela só conheceu os vilarejos vizinhos, que visitava em ocasiões específicas, como casamentos, enterros e celebrações de circuncisão. Minha mãe chegou a andar de burro, mula, cavalo e até camela. Porém nunca subiu em ônibus, carro ou caminhão.

Eu me recordo, quando sua doença se acentuou e ela começou a tossir sangue, de que meu pai a acompanhava até Haffuz, onde havia um hospital, e a cidade não era nada perto. Seu estado de saúde deteriorado não lhe permitia ir até Haffuz a pé ou montada em mula ou burro — que é como fazem muitas pessoas, devido ao preço elevado das passagens. Ela precisaria viajar de ônibus, e essa foi a única oportunidade que teve de entrar em um. A felicidade da minha mãe era equivalente à de ir ao hospital se tratar. No entanto meu pai voltou atrás um dia antes de viajar, pois um dos xeiques do vilarejo, que tratava minha mãe com ervas, convenceu-o de que não havia esperança de ela se curar e, de qualquer forma, de que a vida estava nas mãos de Deus.

E o que madame Albert fazia no nosso vilarejo? Com certeza ela nunca tinha ouvido falar desse povoado em toda a sua vida. O que motivou uma senhora parisiense rica a sair da França para pegar um ônibus velho com passageiros cuja língua ela não fala? Madame Albert nunca viajou para a Tunísia, nunca pôs os pés em nenhum país árabe, apesar de ter vontade de ver as pirâmides do Egito e as dunas do deserto da Argélia. Foi o que me dissera certo dia, quando soube que eu era tunisiano. Mas o que me chamou a atenção de fato foi essa ligação estranha entre minha mãe e madame Albert. É verdade que tenho relação com as duas e elas estão mortas, e que fui ao enterro delas, mas isso justifica essa troca de papéis? Na verdade, o que me incomodou não foi a troca, ainda que fosse estranha — pois os sonhos têm sua lógica própria —, mas o fato de eu sentir medo da minha mãe. Senti um grande pesar por ter saído correndo dela pedindo socorro. Ela estava feliz em me ver. Eu deveria ter corrido para ela e aberto os abraços para recebê-la como ela merecia. Em algum lugar no fundo da minha alma, tive medo de que sua simples presença viva no meu sonho fosse um sinal de azar ou de algo do tipo que pudesse acontecer comigo no futuro. Está claro que há relação entre esse sonho estranho e a minha ida ao enterro de madame Albert naquele dia, bem como tudo que presenciei, senti e pensei na ocasião. Eu me lembrei de Zuhra. Era muito provável que ela também visse madame Albert naquela noite. O sonho dela seria diferente do meu, e talvez em algum momento madame Albert ocupasse o lugar do seu pai que faleceu antes de ela emigrar para a França. Quem sabe ela tenha visto seu marido Mansur e apanhado dele por ter comparecido ao enterro de madame Albert e por ter se sentado num café comigo. Apesar de saber que o mundo dos sonhos é obscuro, secreto e enigmático, e que não serve de nada buscar sentidos lógicos e evidentes neles, fui tomado por uma vontade de dar uma olhada no *Livro da interpretação dos sonhos*, de Ibn Sirin. Antes de emigrar, eu não conhecia esse mundo oculto a não ser por alguns poucos textos curtos do livro *A interpretação dos sonhos*, de Freud, que estudamos na aula de filosofia no ano em que nos preparávamos para o exame de *baccalauréat*. O primeiro a me falar do livro de

Ibn Sirin foi um tunisiano com quem eu costumava me encontrar regularmente, mas perdi o contato tempos depois. Ele era fascinado por livros sobre sonhos, magia e astrologia, bem como adivinhação e tudo que se relacionava ao oculto. Recordo que gostei do livro de Ibn Sirin quando o li. E o que me fez gostar não foi exatamente a interpretação dele para os sonhos, que não me convencia pela sua simplicidade, mas sim o modo como fazia, que eu achava curioso e divertido.

Assim que Brigitte começou a roncar mais alto, saí do quarto. Fechei a porta com muito cuidado e segui diretamente para o escritório. Lá, peguei o livro de Ibn Sirin e comecei a ler o índice. Fiquei surpreso ao terminar a lista de conteúdos e ver que não havia um capítulo "Sonhos com a mãe". Ocorreu-me que eu poderia não ter prestado atenção o suficiente, já que ainda estava sob efeito do sonho, então reli tudo com atenção. Ainda assim, não havia um capítulo com esse título. Não havia também um capítulo de sonhos com pai, irmã, irmão, neto, avô, avó... e não havia um capítulo para todos os parentes juntos. Vivos ou mortos! O único capítulo que podia me dizer algo sobre o que me preocupava era "Interpretação de sonhos com morte, mortos, cemitérios e mortalhas e qual a relação do choro, do lamento etc". Não era longo, e resolvi lê-lo inteiro antes de voltar para o quarto. Fiquei empolgado quando encontrei nessa parte um relato sobre a mãe e outros membros da família. E fiquei ainda mais empolgado quando li: *Se vês tua mãe de volta à vida, significa que te libertarás de uma preocupação*. Então não havia necessidade de me preocupar ou pensar em mau presságio pela aparição da minha mãe nesse sonho espantoso. Pelo contrário, tratava-se de bom agouro.

19.

No dia seguinte, Zuhra veio limpar minha casa. Quando ela começou a trabalhar, corri para o quarto, pois estava cansado e tenso. Não dormi quase nada por causa do sonho na noite anterior. Brigitte tinha me despertado de manhã cedo quando precisou acender a luz para procurar algo no armário. Puxei as cortinas para bloquear o sol, voltei para a cama e fechei os olhos.

Quando os abri, percebi que tinha adormecido. Ao puxar as cortinas, me passou pela cabeça perguntar a Zuhra se ela também tinha sonhado com madame Albert. Mas não perguntei. Tive medo de que isso a lembrasse da minha questão no enterro e de tudo que vivemos no cemitério no dia anterior. Então, depois desse cochilo e à luz resplandecente da manhã que iluminava todos os cantos do quarto, o sonho me pareceu muito distante. Era como se tivesse sonhado havia vários meses. Muitos detalhes já tinham perdido sua cor e se eclipsado na escuridão da noite.

Zuhra estava compenetrada em tirar o pó das prateleiras da biblioteca. Percebi que havia muitos dias que não me pedia ajuda para ler mais algumas linhas do livro *O casamento de Zayn*, em continuação às duas primeiras. Ela ainda estava abalada pelo estado de saúde de madame Albert, a internação no hospital, a morte e o enterro. Quando tivesse superado esse momento difícil, com certeza retomaria a leitura. Zuhra tinha uma vontade enorme de aprender e estava orgulhosa do que alcançara até o momento. Quem sabe se desse conta de que o romance em questão era bastante difícil, como eu lhe dissera. Mas isso não diminuiria sua vontade de ler. Ela ia me pedir um livro mais fácil.

Desci até o térreo para ver se havia correspondência na caixa do correio. Quando voltei ao apartamento, sentei-me no sofá e liguei a televisão. Estavam transmitindo as notícias num canal árabe e fiquei ouvindo sem prestar atenção. Quando percebi que Zuhra olhava de vez em quando para a tela, mudei de canal, procurando algum programa divertido que lhe interessasse e acabei encontrando um filme num canal estrangeiro.

Havia crianças de menos de cinco anos que corriam e gritavam num campo aberto, fugindo de algum perigo iminente. Zuhra parou o trabalho e começou a acompanhar o filme, visivelmente interessada. A cena não durou nem alguns segundos e foi logo substituída por outra em que um homem e uma mulher completamente nus se beijavam ardentemente. Zuhra baixou a cabeça e voltou no mesmo instante ao trabalho. Com medo de deixá-la ainda mais constrangida, desliguei a televisão. Enquanto eu pensava em algo para dizer para superarmos o embaraço que a cena explícita nos causara, ela me perguntou:

— Você tem medo da morte?

Não esperava que ela fosse me fazer uma pergunta desse tipo. Será que devia lhe contar que a ideia de que morreria jovem sempre me assombrou durante a adolescência e a juventude, mesmo não sofrendo de nenhuma doença grave? Que desde que passei dos quarenta não sinto mais medo da morte e que, nos últimos anos — especialmente depois que fiz sessenta —, de tempos em tempos, tinha começado a pensar de novo no assunto, sem que isso me causasse nenhum receio? Não quis enveredar por aí, então respondi o que a maioria das pessoas responde:

— Sim.

Zuhra se virou para mim e me encarou. Seu olhar dizia que ela esperava que eu acrescentasse algo a essa breve resposta, então falou:

— Eu tenho muito medo.

— Isso é natural... ninguém quer morrer.

— Na verdade, não tenho medo da morte, que é o destino determinado por Deus, louvado seja, pois todas as pessoas vão morrer, mas o que me dá medo é o castigo divino.

Dei-me conta então de que ela queria mesmo falar dessa questão, apesar de eu não estar pronto. Achei estranho não só que ela temesse o castigo, como também que pensasse nisso.

— Uma mulher boa como você não deve temer o castigo. O que você pode ter feito para Deus te castigar?

— Eu não faço as orações.

— Muita gente não faz as orações. Eu também não faço.

— E só comecei a fazer o jejum durante o Ramadã depois de mais velha.

— Eu também... antes as crianças não jejuavam... as coisas não eram como agora.

— Além disso, com certeza eu devo ter pecado.

— Não há um ser humano neste mundo que não tenha pecado.

Eu me perguntei se ela teria cometido erros inaceitáveis na vida. Na verdade, não sabia muito do seu passado. Não tinha ideia de como era quando moça nem como foi o período em que viveu em Marselha antes de se mudar para Paris e se casar com Mansur. Eu sabia pouco sobre ela. É certo que se tratava de uma boa mulher. A maioria das pessoas concordaria com isso. Mas quem sabe ela nem sempre tenha sido assim. Talvez tenha mudado muito, mesmo que pareça improvável. O ser humano é um mundo obscuro que ninguém é capaz de conhecer totalmente. Para deixá-la um pouco mais tranquila, disse:

— Não se esqueça de que Deus é Clemente e Misericordioso.

Notei que um sentimento de tranquilidade a invadiu ao ouvir essa expressão popular. Era como se ouvi-la da boca de um professor, em quem confiava e respeitava, aumentasse sua certeza e sua força. Também me senti um pouco mais relaxado. Achava que ela poderia querer parar de falar sobre o assunto, mas fui surpreendido quando ela me perguntou:

— O fogo arde muito?

— Que fogo?

— O fogo do inferno.

Nunca tinha pensado nem no inferno, nem no paraíso. Não lembrava se o que acontece com o morto depois da sua morte chegara a me preocupar algum dia, mesmo nos períodos em que eu pensava na morte. Contudo, assim como todas as pessoas, sabia que o fogo do inferno era intenso.

— Sim.

— Mais do que o fogo em vida?

— Claro.

— Quanto mais?

Lembrei-me de que certa vez li num livro algo sobre a natureza intensa do fogo do inferno, que por sua vez alcançaria uma temperatura mil vezes superior ao fogo normal, e respondi:

— Não sei... quem sabe, mil vezes mais.

Ela arregalou os olhos tamanho seu espanto e repetiu o número, impressionada. Eu me dei conta de que esse tipo de informação sobre o inferno não era o que a tranquilizava. E acrescentei:

— Não... não é mil. Eu errei. Queria dizer cem, ou pode ser até menos. De qualquer forma, vou pesquisar e lhe trago uma informação mais precisa da próxima vez.

Ela se sentou numa cadeira em torno da mesa para descansar. Suas pernas estavam abertas e seu vestido, um pouco levantado, de modo que eu podia ver suas coxas. Ela não percebeu que olhei para suas pernas. Ou talvez tenha percebido, mas fingiu o contrário. Fui para a cozinha e trouxe um suco de laranja para ela e um copo d'água para mim. Sentei-me perto dela. O suco tinha sido preparado por Brigitte com laranja maltaise que comprei de um quitandeiro árabe. Brigitte e eu gostávamos desse tipo de laranja da Tunísia e procurávamos comprá-la no inverno, quando está disponível em grande quantidade nos mercados. Zuhra também gostava dessa, era seu tipo de laranja preferido. Ela bebeu quase todo o suco em dois goles. Limpou os lábios com o dorso da mão e disse:

— Coitada da madame Albert!

— Ela viveu noventa anos. Teve tudo do bom e do melhor e você diz que ela era uma coitada?

— Não estou falando disso, mas de outra coisa.

— O quê?

— Ela morreu como uma infiel.

Zuhra naturalmente era crente, como todos os imigrantes tunisianos. E era normal que pensasse nessa questão em algum momento. Mas o que me chamou a atenção, enquanto olhava para o seu rosto, foi que aparentemente ela estava dando mais importância que o necessário à questão. Ficou em silêncio. Levou o copo aos lábios e verteu na boca algumas gotas restantes de suco, estalando depois os lábios. Era a primeira vez que fazia isso na minha frente. O fato de que começava a se comportar de modo completamente espontâneo na minha presença me alegrou. Eu me ofereci para lhe trazer mais um copo de suco, mas ela rejeitou.

— Ela vai para o inferno.

— A misericórdia de Deus é imensa.

— Estou arrependida agora.

— Arrependida? Do quê?

— Não ensinei o testemunho de fé para ela. Pelo menos ela teria recitado a fórmula antes de sua alma partir, e assim não morreria como infiel.

— Não creio que ela recitaria, mesmo que você tivesse ensinado.

— Por quê?

— Porque ela não era muçulmana.

— Sinto muita tristeza quando vejo uma mulher boa e generosa como ela... que é uma infiel... ela não merece ir para o inferno.

Pensei em dizer que madame Albert não era infiel, pois tinha sua religião, que poderia ser o cristianismo ou o judaísmo, e que há outras religiões além do Islã nesta vida. Mas não falei nada. Tive medo de que ela não entendesse o que eu queria dizer. Ou talvez eu a chocasse com essas palavras. Era difícil para ela, com sua cultura limitada, o ambiente em que cresceu e a educação que recebeu, aceitar esse fato. É verdade que ela era esperta, mas no que dizia respeito a essas questões sensíveis não diferia muito de outros imigrantes que consideram infiéis todos aqueles que não creem no Islã.

— Desde que ela faleceu, toda noite antes de dormir eu peço a Deus pela sua alma. Às vezes peço de manhã também, assim que acordo. Imploro a Deus que atenda às minhas súplicas e que a perdoe, um pouco que seja...

De repente, Zuhra se levantou e entrou no quarto para continuar o trabalho. Lembrei-me do que restara do sonho na minha memória. Felizmente não falei para ela. Se tivesse contado, teria lhe dado a oportunidade de falar novamente da morte de madame Albert. Ela gastou um tempo muito maior do que o habitual limpando o apartamento para, quem sabe, recuperar o que perdeu falando de madame Albert. Quando terminou o serviço, preparando-se para sair, comentou:

— Estou pensando em começar a fazer as orações.
— Que bom.
— Você nunca pensou em começar também?
— Não.
— Por quê?
— Vou orar quando Deus assim quiser.
— Eu tenho que memorizar alguns versículos do Corão para orar. Você me ajuda?
— Sim.

Respondi sem pensar na questão. E, de qualquer forma, não acreditei que ela estivesse falando sério. Achei que ela só estava dizendo isso sob efeito da conversa que tivemos sobre o fogo do inferno.

Quando chegou à porta, ela disse:

— Fique tranquilo, não vou deixar de ler *O casamento de Zayn*. Quero saber qual é a história de Zayn. Meu coração está dizendo que é uma história bonita, mas a prioridade agora é o Corão.

Já tinha passado bastante do meio-dia quando me vi sozinho no apartamento. Não tinha vontade de comer, mesmo assim preparei um sanduíche. Comi rapidamente de pé na cozinha e depois voltei para a sala e me deitei no sofá. Recordei a cena do homem e da mulher nus que se beijavam ardentemente no filme, então liguei a televisão. Estava passando um show gravado de um músico árabe conhecido. Vi um tempo, depois desliguei o televisor.

    Tentei dormir um pouco, já que gostava de fazer a sesta. Mas bastou fechar os olhos para virem à tona todos os questionamentos de Zuhra acerca do inferno e, sobretudo, acerca da natureza do fogo que há ali. Nunca tinha acontecido de eu pensar no castigo divino. Obviamente li e ouvi muito sobre o dia do Juízo Final, mas nunca dei a merecida importância. Confesso que senti, enquanto relembrava alguns questionamentos de Zuhra, certo receio quanto ao que poderia acontecer comigo depois da morte.

20.

Se não fosse a declaração de imposto de renda, não teria posto os pés no apartamento dela!

Tínhamos acabado de jantar quando ouvimos uma leve batida na porta. Brigitte estava deitada no sofá como de costume, acompanhando o novo episódio da sua novela favorita, ao passo que eu me encarregava de levar os pratos para a cozinha e limpar a mesa. Abri a porta.

Era Zuhra. Meu coração acelerou quando ela entrou sem dizer nada. Atravessou a sala e foi em direção ao sofá. Inclinou-se e cumprimentou Brigitte de modo efusivo, perguntando-lhe como estava e como andavam as coisas. Os sinais de surpresa na cara e nos gestos de Brigitte eram evidentes; mesmo assim, deu-lhe as boas-vindas. Eu fiquei sem saber o que fazer ao me ver entre as duas pela primeira vez. Embora eu estivesse certo de que Zuhra não diria nada a Brigitte sobre nossa relação, fiquei apavorado com essa visita incomum. Só me tranquilizei quando ela revelou a razão da sua vinda num horário como aquele. Restavam poucos dias para o envio da declaração de imposto de renda e ela não sabia preencher o formulário, já que Mansur era quem normalmente fazia. Ela pediu à própria Brigitte que a ajudasse, por crer que ela era especialista no assunto, devido ao seu trabalho no banco. Sem demora, Brigitte concordou. No entanto ela não queria deixar de ver sua novela, sobretudo naquele instante, então me encarregou da missão, assegurando a Zuhra que eu era completamente capaz de preencher tudo, pois não era necessário um conhecimento técnico para tal, como ela pensava. Porém o que mais me surpreendeu foi que Brigitte pediu que eu acompanhasse Zuhra ao apartamento dela para fazermos tudo com calma e sem pressa. Acho que ela temia que, se fizéssemos a declaração no quarto de Sami, e era o que eu estava prestes a sugerir, ela iria nos ouvir conversando mesmo de porta fechada, o que a tiraria do mundo da novela, estragando seu prazer. Zuhra também levou um susto, mas não disse nada. Apenas assentiu com a cabeça. Assim, eu me vi a sós com Zuhra no seu apartamento. E com a bênção de Brigitte! Já havia algum tempo que eu queria entrar no apartamento dela para ver onde vivia e como era sua casa. E eis que Brigitte me concede essa oportunidade num momento que nunca teria passado pela minha cabeça. Portanto, não havia espaço para nenhum sentimento de culpa ou algo do gênero. E parece que Zuhra também ficou tranquila. Ficava mais difícil de ela sentir culpa por receber um homem no seu apartamento, algo que jamais ousaria fazer, sobretudo na ausência do marido e do filho, já que o pedido partiu de Brigitte. De qualquer forma, ela não tinha opção, pois precisava muito de alguém que a ajudasse a preencher o documento.

    O apartamento era limpo e organizado. A mobília, humilde e antiga, mas ainda assim confortável. O mais bonito de tudo era um enorme tapete no chão da sala. Atraiu meu olhar uma tela com a imagem de uma mulher, que logo descobri se tratar da própria Zuhra. O quadro estava pendurado na parede de frente para o sofá, próximo a uma imagem com uma frase em caligrafia cúfica: *Em nome de Deus, Clemente e Misericordioso*. Não imaginava encontrar uma obra de arte na casa dela. Confesso que por um breve instante senti algo que se assemelhava à inveja, pois não tenho nenhum quadro. Tudo que possuo em casa não passa de reproduções de quadros famosos. Perguntei sobre a tela e ela explicou que muitos anos antes tinha trabalhado na casa de uma pintora francesa de origem holandesa. A mulher era fascinada pela cor da sua pele e pelos traços do seu rosto, que considerava o modelo do rosto berbere. A artista pintou diversas telas com Zuhra de modelo e deu-lhe uma delas de presente quando a tunisiana parou de trabalhar na sua casa. Ela disse que Mansur detestava essa tela e todas as pinturas em geral. Então aproveitou a oportunidade de que ele estava ausente para pendurar o quadro na parede da sala e observá-lo todos os dias. Zuhra também não era das que adoram pinturas, mas achava que nessa as cores eram vivas. Quando ela a contemplava, era tomada às vezes por sentimentos que não sabia descrever, mas que eram alegres. O que ela mais gostava na tela era que a fazia lembrar da sua mãe e eventualmente tinha a impressão de que o rosto que estava ali parecia mais o rosto da mãe do que o dela mesma.

O preenchimento do formulário não durou mais do que alguns minutos. Zuhra se sentou longe de mim. Enquanto estava ali, não me aproximei dela em nenhum momento e decidi que seria extremamente reservado. Falei pouco e fiquei com a cara fechada para não acabar me abrindo com ela, pois Brigitte sabia que estava na companhia de Zuhra e seria uma vergonha eu me permitir cometer um erro sequer, mesmo que bobo ou inocente, ali a alguns passos dela. Se Brigitte não tivesse plena confiança em mim, jamais teria pedido que eu fosse com Zuhra à sua casa. Assim que terminamos de preencher o documento, levantei-me para sair. Imaginava que Zuhra ficaria feliz de me ver saindo do apartamento, já que não havia mais nenhuma justificativa para eu permanecer ali, porém ela insistiu em me trazer um copo de chá verde com hortelã em agradecimento ao favor. Ela sabia que eu apreciava muito seu chá, que preparava ao modo tunisiano antigo, no bule tradicional.

Elogiei o chá como de costume, pois sabia que ela gostava de elogios. Então comecei a bebericá-lo em silêncio. Estar a sós com ela na sua casa de noite tornou minha tarefa constrangedora. Ela também estava embaraçada. Creio que ambos temíamos esses momentos. Por isso, desfrutávamos em silêncio. Um evitava o olhar do outro. Comecei a beber mais depressa e, quando estava prestes a terminar o que restava no copo, ela me perguntou em voz baixa, como se tivesse medo de que alguém nos escutasse:

— Por que você me deu um beijo no dia do enterro?

A pergunta em si não me surpreendeu, pois esperava que ela viesse algum dia, mas sim sua ousadia explícita e direta em fazê-la.

— Para confortá-la.

O sorriso amarelo que se desenhou nos seus lábios e um leve movimento com a cabeça indicavam que ela não acreditava.

— Você estava triste e eu quis mostrar que estava do seu lado.

Essa pergunta, em circunstâncias excepcionais, dentro da sua casa, e depois aquele sorriso destruíram numa velocidade espantosa tudo que eu mantinha de seriedade e moderação. Mais do que isso, de repente fui atravessado por um desejo avassalador de beijá-la de novo, e não na bochecha, mas sim nos lábios. Eu me convenci facilmente de que um súbito beijo nos seus lábios não oferecia risco algum. Tinha certeza de que depois disso eu seria capaz de me controlar. De qualquer forma, não havia espaço para ir mais longe do que um beijo, mesmo se eu quisesse, pois Brigitte estava a poucos passos de mim. Além do mais, eu podia confiar em Zuhra. Mesmo que ela permitisse que a beijasse nos lábios, não aceitaria que eu fosse além disso nessas circunstâncias excepcionais, na sua casa, além de ela se ater — como eu — aos limites que estabelecemos no nosso jogo.

— Você faz isso com todas as mulheres?

Havia um misto de ironia e provocação no seu tom de voz. Não estava acostumado com ela se dirigindo assim a mim.

— Que mulheres?

— As mulheres com quem você trabalha na universidade. As mulheres com quem se encontra nos cafés e nas ruas. Há muitas mulheres na França e em todos os lugares.

— Você acha que sou mulherengo?

— Não, não quero dizer isso, mas você é homem, um professor importante, e as mulheres na França são fáceis.

Comecei a me perguntar se aquele seria o momento ideal para me aproximar e me preparar para sentar ao lado dela.

— O que Brigitte vai dizer se souber que você me beijou?

Não me ocorreu que ela pudesse mencionar o nome de Brigitte e trazê-la para a questão. Mesmo assim, respondi com calma:

— Não vai dizer nada.

Suas sobrancelhas se arquearam, expressando estranhamento.

— Na França, beijar uma mulher no rosto não significa nada, eu beijo todas as amigas dela assim, e ela faz o mesmo com meus amigos.

Ela cerrou os lábios, depois abaixou a cabeça e se calou por um longo tempo. E, enquanto eu observava seus cachos tocando suas bochechas, ela levantou a cabeça e disse:

— É uma vergonha, si Achur, beijar uma mulher que não é a sua.

Estava claro que ela queria continuar a falar do assunto, que lhe dizia muito, aparentemente.

— E por quê?

— Vergonha... além de ser *haram*.

— E se a mulher for como você? O que fazemos?

— Nada. Só olhe... com os olhos... sem tocar.

Fiquei impressionado ao vê-la falando num tom de flerte. Era como se de repente tivesse se tornado outra mulher. Dizem que algumas mulheres mudam muito. Em cada uma, há muitas mulheres. Num forte impulso, levantei e fui sentar perto dela. Zuhra não se afastou. Segurei sua mão, e ela não a puxou. Depois de um instante, eu me surpreendi com ela se inclinando na minha direção e apoiando a cabeça no meu ombro. Ela exalava um cheiro misto de hortelã e de sabonete. Com minha outra mão, comecei a acariciar seus cachos, que observava alguns instantes antes. Ela fechou os olhos e disse numa voz baixa e hesitante:

— Faz tempo que um homem não me faz carícias.

Continuei acariciando-a em silêncio. Tive medo de que seu temperamento mudasse, que ela puxasse a mão e afastasse a cabeça de mim, caso eu dissesse alguma coisa.

— Mansur não me acaricia.

Estava claro que ela era carente de afeto e que queria provar um pouco disso.

— É a primeira vez que um homem me trata com carinho e gentileza.

Embora não tenha apreço por Mansur, não experimentei o mínimo sentimento de superioridade com relação a ele agora que sua esposa estava entre meus braços. Pelo contrário, tive pena dele. Não pude me conter e perguntei:

— Você ama Mansur?

— Ele é meu marido.
— Eu sei, mas pergunto sobre amar.
 Enquanto eu buscava uma breve definição de amor que pudesse lhe apresentar, ela indagou:
— Você ama Brigitte?
— Sim.
— E faz carinho nela todo dia?
— Não, não todo dia.
— Mansur tem um coração bom, mas é um homem duro.
 Eu não quis dizer nada sobre Mansur. Afinal, é o marido dela e eu posso magoá-la ao criticá-lo ou fazer alguma observação sobre sua aparência ou comportamento.
— Ele nunca me acariciou como você está fazendo agora.
 Meu desejo se inflamou de tal forma que não pude mais controlá-lo. Eu a tomei nos braços. Ela não se moveu. E no instante em que estiquei meu pescoço para beijá-la, ela me evitou. Esperava que fosse me empurrar ou se irritar, pedindo que saísse da sua casa imediatamente, mas apenas disse, rindo:
— Seu *halluf*! Não sabia que era tão safado assim.
 Não me incomodei com essa palavra. Pelo contrário, fiquei muito alegre com ela. É uma palavra que serve para flertar e ser carinhoso nesse contexto. Fazia muito tempo que uma mulher não me falava isso. Nunca tive a impressão de que Zuhra poderia ser tão provocante como a achei naqueles instantes. Toda vez que falava e parava, ficava mais atraente, aumentando meu desejo de beijá-la. Aguardei um pouco; então me aproximei e a abracei com força, esticando o pescoço em busca dos seus lábios. Ela me empurrou e se desvencilhou de mim novamente, dizendo:
— Por favor, si Achur. Tenha respeito por si mesmo, por favor.

Brigitte estava completamente envolvida na sua novela quando voltei para casa. Esperava que ela me perguntasse se tinha conseguido realizar a tarefa. Porém ela mal se virou para mim quando atravessei a sala em direção ao quarto de Sami. Fiquei aliviado com sua indiferença quanto ao assunto, pois tinha medo de que ela notasse alguma coisa estranha no meu comportamento. Eu não tinha coragem o bastante para olhar na sua cara depois do que acabara de fazer na casa de Zuhra. Deitei no sofá e fiquei olhando fixamente para o teto. Dei graças a Deus que Zuhra não se entregou a mim. Se ela não tivesse se desvencilhado, eu teria beijado seus lábios. O assunto tinha ficado sério de fato, para mim e para ela. Sempre me imaginei uma pessoa forte, mas eis que me vi sucumbindo, afundando. Cada dia afundava mais. E o que me apavorou foi descobrir que bastou um único instante para que os muros que ergui para me proteger e me servir de fortaleza desmoronassem. Até quando ficaria assim? Tinha que tomar uma posição clara e me comprometer com isso. Era necessário encontrar uma solução para interromper essa queda iminente dentro do abismo. Mas qual seria a solução?

21.

Quando Brigitte sugeriu que passássemos duas semanas na estação de esqui de Les Carroz, nos Alpes, longe do barulho de Paris, das preocupações cotidianas e do cansaço do trabalho, concordei sem hesitar. Essa era a solução que eu buscava, pensei. Nada melhor do que estar fora para esquecer. E nada melhor do que viajar para renovar a alma e o corpo ao mesmo tempo. Duas semanas inteiras na companhia da minha esposa e num lugar bem distante da cidade, no alto das montanhas nevadas, com certeza poria um ponto-final à queda iminente dentro do abismo para onde eu me conduzia havia semanas; e o mais importante era que faria com que minha relação com Zuhra retomasse o antigo ritmo natural, o ritmo da sedução inocente.

Subimos no trem em Lyon, passamos uma noite no hotel e de manhã alugamos um carro com tração nas quatro rodas e seguimos em direção à estação de esqui. Embora eu adore dirigir, sobretudo esse tipo de carro, deixei o volante com Brigitte. Dirigir nessa área montanhosa, por estradas apertadas, não era fácil, de modo que quanto mais nos aproximássemos da estação, mais neve haveria no percurso. Fazia-se necessária uma habilidade que só Brigitte possuía. Eu estava feliz, mas não por estar na estação de esqui — já que, ao contrário da minha esposa, não sou apaixonado por esses lugares frios —, e sim por ver a neve, que cobre tudo com seu branco reluzente, espalhando um silêncio profundo sobre os bosques. Estava feliz por ter escapado de Zuhra. A partir do momento em que pus os pés nesse lugar montanhoso, minha sensação de distanciamento aumentou. Era como se, de lá, Paris não ficasse na França, mas em outro país.

Normalmente, ocorrem entre nós pequenas brigas por motivos tolos sempre que viajamos. Brigitte considera essas briguinhas o sal que dá gosto às férias. Mas desta vez passamos três dias inteiros na mais completa harmonia. Sem dúvida, meu estado de felicidade contribuiu em grande parte para criar o clima de compreensão e afeto entre mim e Brigitte. Não discutia sobre nada do que ela dizia. Não fazia comentários sobre suas atitudes nem me opunha a nada que ela sugeria. Até assisti a um episódio da sua novela favorita, que ela continuava acompanhando compenetrada; até isso eu aceitei, o que a deixou muito contente. Na verdade, não me restava opção, já que estávamos num quarto e não num apartamento com vários cômodos que me permitia ficar a sós comigo mesmo. E não tentei ler um pouco do romance que tinha trazido comigo, pois não consigo ler se tudo ao meu redor não estiver mergulhado em silêncio. A única coisa que estava ao meu alcance nessas circunstâncias era fechar os olhos e me entregar às lembranças. É a melhor maneira de passar o tempo quando não sou capaz de fazer mais nada. Mas tinha medo de que as lembranças me levassem ao que se passara entre mim e Zuhra.

A contradição é que essa felicidade causou mais tarde uma divergência com Brigitte. No quarto dia, enquanto eu a observava, admirado, esquiar lentamente à minha volta, ela parou de repente e me perguntou qual era a razão de toda aquela felicidade. Respondi o que veio à minha cabeça na hora, que estava contente de estarmos de férias e passarmos a maior parte do dia juntos. Eu sabia que ela gostava de ouvir esse tipo de coisa. Normalmente ficava muito feliz, mas dessa vez balançou a cabeça levemente e não disse mais nada. Não dei a menor importância, e ela voltou a esquiar. De uma hora para outra acelerava ou saltava, ou fazia movimentos circulares que exibiam sua habilidade no esporte. Eu sabia que ela era boa e gostava de observá-la deslizando suavemente sobre a neve sem cair. Desde o primeiro dia ali, eu tentei aprender a esquiar para atender à sua insistência. Ela me encorajou bastante e me deu vários conselhos, mas fracassei terrivelmente. Assim que punha os pés nos esquis, já começava a escorregar. E, toda vez que queria ir para a frente, perdia o equilíbrio e caía no chão. Depois, só conseguia me erguer com muita dificuldade e com a ajuda dela, fazendo uma cena cômica para os esquiadores que passavam por ali.

De noite, tudo se complicou. Quando ela se aproximou de mim e começou a me fazer carícias, indicando que me queria, não reagi como devia. Eu também tinha desejo, mas não estava demonstrando entusiasmo suficiente para satisfazê-la. Brigitte gosta que eu esteja com ela e seja completamente dela quando me deseja — sobretudo nas férias. Parece que sua libido aumenta e duplica nessas ocasiões. É como se não houvesse férias verdadeiras se não fazemos sexo toda as noites. Eu entendia esse seu tesão todo, pois para ela as férias são o momento de gozar tudo que se pode. E, na verdade, isso me incomodava um pouco. O desejo deve ser algo espontâneo e sincero. Não programável. No mundo das emoções, fujo de tudo que se impõe e dita regras à alma, como quando temos que ficar alegres nas festas igual aos outros parentes, ainda que eu ache essas comemorações, na maior parte das vezes, tristes e tediosas.

Então demonstrei um entusiasmo maior. Acheguei-me mais a ela e comecei a beijá-la com paixão, na esperança de que assim acendesse meu desejo. No entanto não tive êxito, de modo que ela virou as costas para mim. Em seguida, escorregou para longe até alcançar a outra extremidade da cama, para que nossos corpos não se tocassem. É assim que ela age para demonstrar que não está satisfeita comigo. Não perdi as esperanças e me aproximei. Depois levei minha mão até suas costas e comecei a acariciá-la. Ela, com um movimento brusco, afastou minha mão. Naquele momento, decidi interromper minhas tentativas. Instaurou-se um silêncio. Depois de um longo tempo, passaram diversos pensamentos pela minha cabeça. E, no instante em que achei que Brigitte não diria mais nada, no que tinha sobrado da nossa noite, quando achei que o melhor era cair no sono, ela me perguntou:

— Você está escondendo algo de mim?

— Escondendo algo de você? Não.

— Tem certeza?

— Sim. Por que essa pergunta?

— Você está diferente.

— Como assim?

— Você não está normal; está educado, gentil e alegre mais do que o necessário, e não acho que o motivo sejam as férias e o fato de estarmos juntos, como você disse. Acho que você está mexido no seu interior.

Eu ouvi e li muitas coisas sobre a intensidade do ciúme nas mulheres. Já aconteceu de eu notar algo do tipo em Brigitte em diversas ocasiões, mas não imaginava que seu ciúme fosse tão forte assim, como se tivesse um instrumento secreto capaz de captar o menor movimento na minha mente. Eu era tão previsível e transparente assim? Quem sabe eu pertencia ao grupo dos homens que se entregam sem nem perceber. Talvez Brigitte tenha notado esse meu defeito há muito tempo, mas nunca quis falar abertamente por amor e pena de mim, ou, simplesmente, porque não era do seu interesse.

— Você sente falta de Zuhra?

Uma espécie de abalo sísmico me chacoalhou por dentro. E sem dúvida seus efeitos se refletiram no meu rosto. Felizmente ela não podia ver, por estar naquela posição de costas para mim. Ainda assim, consegui me manter firme até certo ponto. Respondi, fingindo desinteresse:

— Sim, muita.

Não sei de onde tirei coragem para dar uma resposta provocativa dessas, como se de repente outra pessoa tivesse se apoderado do meu corpo e falado no meu lugar. E acrescentei, me aproveitando dessa coragem:

— Coitada, ela está sozinha em Paris agora. O marido e o filho na Tunísia, madame Albert faleceu e nós esquiando nos Alpes.

Na mesma hora, soltei uma gargalhada para que ela entendesse que eu estava brincando. Brigitte não gostou do que eu disse nem da minha risada. Ela se virou para mim, me olhou nos olhos e respondeu com uma calma estranha:

— Escute, se você não me ama mais, seja franco. Não gosto de hipocrisia, detesto mentiras e não suporto de maneira alguma viver com um homem que não me ama.

— O que é isso? É claro que eu amo você.

Fiquei surpreso ao constatar como passamos num curto espaço de tempo de um clima de harmonia e carinho para um clima de dúvida e repulsa; e passamos a questionar se nosso amor formava a base sólida do nosso casamento e de tudo que concretizamos juntos.

— Você não é obrigado a ficar comigo se não me ama mais.

Achei que ela estava passando para um novo estágio e me desafiando de fato. De uma vez só, minha cabeça foi invadida por milhares de perguntas. E se me dizia isso em tom de ameaça? E se o amor dela por mim tivesse arrefecido muito mais do que parecia? E se houvesse conhecido outro homem e quisesse me largar?

— Você não é mais o mesmo.

— Não é verdade.

— Você está com a cabeça em outro lugar.

— Desde quando, exatamente?

— Desde que voltou da casa de Zuhra.

Senti um pouco de tranquilidade. Achava que a questão era muito mais séria, pois tinha pensado que Brigitte falava essas coisas por causa das inúmeras observações que vinha acumulando acerca do que eu dizia e como agia. A questão então estava atrelada a um acontecimento simples que tinha ocorrido havia alguns dias. E se mudei depois da visita, como ela dizia, a responsabilidade por isso, até certo ponto, era dela, pois minha ida à casa de Zuhra tinha sido a pedido seu. E só concordei para não privá-la de ver sua novela preferida. É claro que eu estava completamente ciente de que o fato de ela me permitir ir não justificava o que fiz. Mas isso poderia ser um elemento importante para a minha defesa, se as coisas piorassem. Decidi ficar em silêncio. De noite, as pessoas tendem a exagerar e aumentar os fatos. Muitas coisas conseguem se infiltrar na nossa mente quando estamos envoltos pela escuridão. Com a luz da manhã e depois de muitas horas de sono, esses assuntos parecem bem menos importantes do que pensávamos.

Despertei antes dela. Eu me aproximei o máximo que pude e fiquei observando seu rosto. Parecia mais velha do que era e menos bonita. Mesmo assim, sentia que meu amor por ela continuava forte. Seu humor não mudou pela manhã. E mais, ela não quis tomar café da manhã comigo. Era a primeira vez que isso acontecia desde que começamos a morar juntos. Ela ficou brava o dia inteiro, enquanto eu me mantive completamente tranquilo. No dia seguinte, assim que despertou, pegou minha mão e a pôs sobre sua barriga cálida. Não tocou mais no assunto durante o restante da viagem. A partir daquele momento, nunca mais falou comigo sobre Zuhra.

22.

Voltei para Paris determinado a me afastar o máximo possível de Zuhra. Também decidi reduzir bastante o jogo de sedução na esperança de conseguir impor um limite, pois tinha certeza de que seria difícil impedir minha queda no abismo, caso continuasse refém desse jogo arriscado. Tinha a impressão de que, cada vez que eu entrava nele, ficava mais viciado. O que me encorajou a tomar essa decisão foi eu ter recuperado muito da minha autoconfiança depois que consegui, ao longo das duas semanas que se passaram, esquecer Zuhra e tudo que aconteceu comigo por causa dela. Minha relação com Brigitte retomou seu brilho e meu amor por ela ficou ainda mais profundo depois que conseguimos superar a briga do começo da viagem. Comecei a gostar mais da sua personalidade forte. É verdade que ela se irritou intensamente comigo, falando de uma forma como nunca tinha acontecido, mas no fim ela soube como terminar com a crise. Eu valorizei seu posicionamento e vi muita nobreza nisso.

Meu primeiro encontro com Zuhra, depois do fim da viagem, aconteceu por acaso na entrada do edifício pela manhã, um dia depois que regressei a Paris.

Eu estava do lado de fora. Assim que empurrei a porta para entrar, a vi. Estava parada perto das caixas de correio. No começo, não notou que eu estava ali, apesar de a porta do edifício ser pesada e de madeira, e ter feito barulho ao se fechar atrás de mim. Ela estava completamente compenetrada lendo uma carta que acabara de receber. Quando ergueu a cabeça e me viu, deu um sorriso amarelo. Eu a cumprimentei de modo efusivo como de costume, mas ela respondeu com frieza. Indagou se eu estava bem, porém não me perguntou se tínhamos tido uma boa viagem, se aproveitamos e se conseguimos descansar — que são as perguntas básicas para quem acabou de voltar de viagem. Enfiou a carta no bolso e fechou a caixa de correio. Eu mal respondi, e ela já levantou a mão se despedindo. Então me fui. Embora eu não tivesse notado nenhum sinal de tensão ou desconforto no seu rosto, atribuí seu comportamento a algo que estava na carta: uma notícia ruim vinda da Tunísia; uma notificação referente ao imposto de renda; uma convocação por parte da seguridade social; uma queixa nervosa ou ainda uma ameaça do seu marido, Mansur, por algum descuido; ou quem sabe uma convocação de um dos hospitais em que o filho se tratava gratuitamente por ele ter parado o tratamento, algo para o qual só atentei naquele momento. Quando voltei para meu apartamento, me veio um pensamento. E se o motivo tivesse a ver com a nossa relação? Talvez ela também tenha usado a oportunidade de estarmos separados e longe um do outro por duas semanas inteiras para se analisar. Talvez tenha pensado com calma em tudo que aconteceu entre nós nos últimos meses e chegado ao que eu já concluíra. A distância nos permite ver as questões de ângulos diferentes, o que nos ajuda a mudar nosso modo de pensar e tomar novos posicionamentos. Não me incomodei com sua apatia. Posso até dizer que fiquei um tanto feliz. Foi um presente valioso da sua parte, que eu não tinha considerado. Eu temia que ela se sentisse mal ou pensasse que passei a tratá-la com arrogância, ou que ela não significasse mais nada para mim como mulher quando descobrisse minha decisão de me afastar dela. Isso com certeza geraria em mim um sentimento severo de culpa. Mas veja só como ela estava facilitando as coisas para mim. Agora eu tinha um bom pretexto para justificar minha decisão. Seis dias nos separavam de quando viria limpar minha casa, como de costume. Era um tempo de certa forma longo. Tempo suficiente para eu me preparar psicologicamente para encontrar com ela num lugar fechado por duas horas inteiras sem sucumbir e voltar atrás na minha decisão. Naturalmente, eu tentaria evitá-la o máximo possível durante esse período, pois conhecia os horários em que ela saía e os lugares que frequentava. Mesmo se a encontrasse por acaso — o que era possível —, eu a trataria com um pouco de frieza.

Outra coisa me chamou a atenção: Zuhra não veio mais ao apartamento de madame Albert ao longo dos três dias que sucederam meu retorno a Paris. Estava quase certo disso. Passei a maior parte do tempo em casa nesses dias, pois é o que faço quando volto cansado de uma viagem e não tenho trabalho na universidade. Toda hora que ouvia um barulho no corredor, eu corria para observar no olho mágico, na esperança de vê-la, de espiá-la. Achei aquilo um pouco estranho, já que Zuhra tinha o cuidado de vir ao apartamento de madame Albert diariamente para inspecioná-lo desde que sua parente a encarregou de cuidar do imóvel. Ela costumava vir de manhã para dar uma volta rápida pelos cômodos do apartamento e se certificar de que tudo estava bem. Eu não encontrava uma explicação, até que monsieur Gonzalez me contou, quando o encontrei por acaso na entrada do edifício, que o apartamento tinha sido vendido durante o período em que estive fora.

Fiquei me vangloriando nos dias seguintes, pois tinha descoberto que eu era duro o bastante e que era completamente capaz de controlar minhas emoções, o que permitia que eu evitasse Zuhra em grande medida. No entanto, apenas dois dias antes do nosso encontro semanal, passei por um incidente estranho com ela. Eu estava sozinho em casa. Era uma manhã ensolarada e maravilhosa. Depois de terminar o café da manhã, coloquei uma cadeira perto da janela. Sentei-me e fechei os olhos para desfrutar o máximo possível do calor do sol, como faço toda vez que o tempo está bom. De repente, ouvi uma leve batida na porta do meu apartamento. No começo, eu a ignorei. Achei que fosse uma dessas pessoas que batiam de casa em casa, à procura de trabalho, ou algum vendedor ambulante ou um visitante que se enganou. No entanto não paravam de bater, pelo contrário, os golpes se intensificavam. Naquele momento, calcei os chinelos e fui até a porta lentamente na ponta dos pés para não fazer barulho e a pessoa perceber que havia alguém em casa.

Espiei pelo olho mágico e fui surpreendido por Zuhra.

Fiquei confuso e dei alguns passos para trás. Por alguns instantes, permaneci parado de pé no meio da sala sem saber o que fazer. Então me aproximei da porta e olhei pelo olho mágico. Zuhra continuava ali parada. De repente, ela esticou o pescoço até o olho mágico e bateu novamente, como se estivesse certa de que eu estava em casa. Permaneci imóvel. Eu a ouvi dizer em voz baixa algo que não conseguia distinguir, até que ouvi seus passos se afastando.

Fiquei feliz comigo mesmo porque me comportei como se esperava que eu fizesse. Foi a primeira vez que ela bateu na minha porta e eu não abri. Voltei para o meu lugar. Assim que fechei os olhos e continuei a desfrutar do calor do sol, comecei a me perguntar se eu tinha exagerado na maneira como agi para evitá-la. Vê-la ou falar com ela por alguns minutos não significava que eu era fraco ou que me renderia aos meus sentimentos. Além do mais, Zuhra era minha vizinha e minha empregada doméstica. Era tunisiana como eu. Minha relação com ela continuava a ser afetuosa, apesar da apatia que havia tomado conta dela nos últimos tempos. E mesmo se algum dia nossa relação acabasse, uma possibilidade que eu afastava, me esforçaria para continuar sendo educado e respeitoso com ela. De qualquer forma, em dois dias ela viria à nossa casa para a limpeza. Então por que não abri para ela?

Eu me arrependi. Pouco a pouco, comecei a me culpar. Pensei em subir ao seu apartamento na mesma hora para reparar o erro. Há muitas desculpas para justificar eu não ter aberto a porta: achei que se tratava de um entregador de panfletos, de um vendedor ambulante, de um limpador de chaminé ou de um encanador em busca de trabalho nas casas — sobretudo de manhã —; eu estava dormindo, ou na cozinha, ou muito compenetrado na preparação das aulas, ou assistindo ao noticiário na televisão, de modo que não ouvi as batidas inicialmente. Sendo assim, quando abri a porta, não encontrei ninguém. Depois, pensando no assunto, disse a mim mesmo que poderia ter sido Zuhra que bateu, e por isso fui até lá. Não importava se ela não acreditasse em mim. O importante era lhe mostrar que não deixei de abrir a porta de propósito, já que ela queria pedir alguma coisa; porque acho que ela bateu na minha porta não por sentir minha falta, mas sim porque precisava de algo urgente. Nessa situação, não podia agir como se não tivesse havido nada. É verdade que tinha ficado em silêncio para evitá-la o máximo possível, e não me arrependia, mas isso não significava que me negaria a ajudá-la se precisasse. Mas não me mexi. Continuei sentado na cadeira. Acredito que o orgulho me proibiu de subir ao seu apartamento. Esse incidente, para o qual não dei nenhuma importância, me fez cair num estado de perturbação. Por sorte, naquela tarde eu tinha aulas na universidade. Saí de casa imediatamente. Passei o resto do dia lecionando, o que me ajudou a esquecer o que tinha se passado entre mim e Zuhra. No entanto, de noite, ao apoiar a cabeça no travesseiro para dormir, eu me lembrei de tudo. E voltei a me culpar pelo que tinha feito. E dessa vez a culpa doía muito mais.

23.

Apenas um dia me separava do nosso encontro semanal. Apesar disso, eu não podia mais esperar. Se fosse desses que acreditam em magia, diria que ela me enfeitiçou por não ter aberto a porta. Ontem eu a evitara e hoje, desde que acordei, estava ansioso para vê-la! Dessa forma, num curto período, passei da tese à antítese. O amor tem uma lógica extraordinária. Já a alma humana é sombria e turva.

Um enorme caldeirão de paixões e oscilações.

Seria possível que ela estivesse em casa agora. Eu precisava vê-la. Assim que Brigitte foi para o trabalho, saí. Como se estivesse febril, subi ao quinto andar. Não peguei o elevador para não encontrar nenhum vizinho. Subi as escadas rapidamente, impulsionado por uma força extraordinária. Quando cheguei em frente ao apartamento, me dei conta do risco que eu corria e fiquei extremamente confuso. Mas dei cabo da questão na mesma hora. Fui até a porta e bati várias vezes. Temia ficar parado ali hesitando em mudar de opinião ou então que monsieur Gonzalez saísse e me visse. Assim que ela abriu a porta, fui entrando sem dizer nada. Esqueci até mesmo de dizer bom-dia. Fui para a sala e me sentei no sofá, olhando a esmo para os quadros pendurados na parede. Ela não tentou impedir que eu entrasse. De qualquer forma, não lhe dei oportunidade para impedir. Permaneceu em silêncio, seguindo meus movimentos com os olhos bem arregalados, espantada. Eu estava muito surpreso com o que tinha feito, sobretudo pela rapidez com que tudo aconteceu.

Só me dei conta que Zuhra tinha acabado de sair do banho quando desviei meu olhar do quadro. Usava um vestido leve e esvoaçante, aberto no peito e com mangas curtas, mas largas. Segurava uma toalha grande. Os pés estavam descalços e os cabelos soltos, caindo sobre os ombros. Vi que eu tinha chegado cedo e me surpreendi, quando subi ao seu apartamento, com o fato de não ter me dado conta da situação íntima em que podia se encontrar a uma hora constrangedora e delicada como aquela, logo depois de acordar. Nesse estado ela parecia linda e provocante, e me dava a impressão de estar acessível. Juntou o cabelo e o prendeu, além de ter coberto o máximo possível o peito. Então se sentou a alguns metros de mim, as pernas juntas e os braços cruzados. Olhava para mim como se quisesse me incitar a explicar o porquê de visitá-la no seu apartamento de manhã tão cedo, e sobretudo de ter entrado daquele jeito abrupto na sua casa. Mas eu não disse uma só palavra. Encarei-a um momento e me levantei. Me aproximei e segurei seu braço. Naquele instante, eu não tinha a intenção de fazer nada, apenas tocar seu braço. Ela o puxou na mesma hora, ficou de pé e saiu da sala; entrou num quarto e bateu a porta com força. Alguns instantes depois, voltou com as roupas trocadas e se sentou longe de mim. Então me perguntou:

— Por que você me ama?

Eu esperava que Zuhra me fizesse essa pergunta algum dia, porque tinha certeza de que ela descobrira, havia algum tempo, que eu a amava. É muito difícil esconder algo assim de uma mulher.

— Eu sei que você me ama — ela continuou.

Ela deu um leve sorriso que me fez concluir que não estava tão incomodada assim como eu imaginava, o que me deixou um pouco mais contente.

— Você se lembra de quando lhe perguntei sobre o livro *O casamento de Zayn* pela primeira vez?

— Sim.

— Eu perguntei o que fez Zayn amar a moça. Eu queria saber o que a mulher tem, que faz com que o homem a ame.

Perguntei-me se seria conveniente revelar a ela que eu estava pronto para ajudá-la a ler mais algumas linhas do romance. Não líamos havia algum tempo. Se ela aceitasse, iria se sentar perto de mim e quem sabe mudaria seu comportamento e ficaria um pouco mais tranquila. Talvez ela permitisse que eu a tocasse mais tarde e até a acariciasse. De qualquer forma, eu aproveitaria meu poder sobre ela como professor para chegar a esse ponto. Voltou a perguntar, visivelmente curiosa:

— O que você viu em mim?

Não encontrei resposta. Nunca pensei no que me motivou a amá-la. O amor não se explica, sobretudo se o ser amado for uma pessoa que não está conectada a nós por uma relação profunda. Ninguém sabe como vem nem como vai.

— Os homens! É incrível como eles são. Viram crianças quando o assunto é mulher.

— Deus, Excelso, seja louvado. Ele nos criou assim.

Balançou a cabeça, achando um pouco de graça nisso, num sinal de que não estava convencida do que eu dizia.

— Vamos, me fale. O que você viu em mim? O que você viu numa empregada doméstica, sendo você um professor importante, casado com uma senhora francesa que trabalha num banco?

— Não se pode explicar o amor.

Apertou os olhos, fixando o olhar em mim. Um instante depois, levantou-se dizendo:

— Brigitte é uma mulher maravilhosa. Sugiro que continue a ser fiel à sua esposa. Professor, ficar correndo atrás das mulheres não vai lhe servir para nada.

Fiquei magoado por me encontrar na posição de quem precisa de conselhos nesse assunto, sobretudo quando esses conselhos vêm da minha empregada. Estranhei sua audácia. Não imaginava que ela fosse tão forte assim e que pudesse me dizer esse tipo de coisa. Fiquei muito incomodado com o que ela falou sobre Brigitte numa circunstância como aquela. Para mim, o simples fato de mencionar seu nome já era uma clara intromissão em algo que não era da sua conta, ela estava se metendo na nossa vida conjugal, estava sendo insolente e grosseira de um modo a que eu não estava habituado. Eu conhecia Zuhra de verdade? Foi o que me perguntei no meu íntimo. E se eu estivesse errado com relação a muitas opiniões e impressões sobre ela? Permaneci em silêncio. O que eu poderia dizer depois de ouvir esses conselhos? Passados alguns instantes, foi me parecendo pouco a pouco que eu estava mais sensível do que o necessário, e que tinha exagerado na interpretação do que ela dissera. O que aconteceu depois confirmou isso, pois, enquanto ela levantava, me perguntou se eu tinha ficado incomodado com suas palavras. Respondi que não. Ela sorriu e então se aproximou, roçando levemente seu indicador no meu braço. Era como se estivesse se desculpando pela sua atitude. Então foi até a janela, inclinou-se sobre o peitoril e ficou olhando para fora. Enquanto eu observava seu traseiro, que me parecia mais cheio e arredondado, ela se virou e olhou para mim, como querendo insinuar que tinha notado o que eu estava fazendo, e disse:

— Mansur me disse que terminou a obra e que voltará em breve.

— Quando?

— Daqui a cinco dias.

Ela voltou a olhar para fora e eu, para seu traseiro. Parecia que ela fazia de propósito, para eu continuar aproveitando. E enquanto eu tentava lembrar o nome de um quadro de Salvador Dalí em que ele pinta uma mulher diante de uma janela, ela acrescentou:

— Agora que a casa está pronta, ele quer que voltemos definitivamente para a Tunísia.

— Definitivamente?!

— Sim. Ele disse que a vida na Tunísia é muito melhor do que aqui. É mais barata. Com o que ele ganha de aposentadoria aqui, conseguimos ter uma vida de rei lá.

Ela se sentou novamente, mas desta vez perto de mim. Acho que não tinha se dado conta da distância entre nós, por estar pensando na volta para a Tunísia. Pôs um chiclete na boca e começou a mascá-lo. Fiquei excitado com seus lábios se movimentando. Estavam levemente inchados por causa do sono e do banho.

— Faz um tempo que Mansur quer que voltemos para a Tunísia, mas eu não concordava. Agora acho que é melhor voltarmos, cansei de trabalhar nas casas; depois, até quando teremos que viver no exílio? De qualquer forma, a França já não é mais igual a quando cheguei aqui.

— E seu filho Karim?

— Vai continuar aqui para se tratar. Ele não tem futuro na Tunísia. Vamos deixar a casa para ele. É um homem agora, precisa se virar. Já o ajudamos mais do que o necessário. Vai se casar e formar sua própria família.

Eu observava discretamente seus lábios. Movimentavam-se mais lentamente, o que fazia com que ficassem mais provocantes. Ela se inclinou na minha direção e disse, num tom de quem se lembrou de algo importante de repente:

— Ontem de manhã, fui até sua casa e bati na porta, mas você não estava. Queria dizer que esta semana não irei fazer a faxina. E nem na semana que vem. Vou parar de trabalhar para vocês e em todas as outras casas.

— Por quê?

— Estou exausta. Não consigo suportar mais o cansaço como antes.

Instaurou-se um silêncio. Senti que havia muitas coisas acontecendo no meu entorno sem que me desse conta.

— E você, não pensa em voltar definitivamente para a Tunísia depois de se aposentar?

— Não.

— Por quê?

— Não sei. Talvez pelo fato de minha esposa ser francesa.

— E qual o problema?

— Ela não consegue viver na Tunísia.

Ela assentiu com a cabeça, sem dizer nada. Na verdade, eu nunca pensei seriamente em voltar para a Tunísia, bem como nunca lancei essa questão para Brigitte. No entanto minha tendência é imaginar que ela não aceitaria. Voltei a olhar os lábios de Zuhra. Era a última vez que ficava a sós com ela num lugar fechado. Era uma pena nossa relação terminar assim tão rápido, num clima extraordinário como esse. Decidi que daria um único beijo na sua boca, um beijo longo, e depois enfiaria a mão sob seu vestido e acariciaria seus seios. Eu estava consciente de que ultrapassaria os limites que estabeleci para mim mesmo. Mas achei que naquele momento não seria arriscado nem para mim, nem para ela, já que nossa relação estava prestes a terminar, isso se já não tivesse terminado. Não sei por que pensei que ela não iria se opor, já que nos encontrávamos pela última vez. Quando me aproximei, ela se levantou e deu um passo para trás:

— Si Achur, por favor...

Eu me aproximei um pouco mais, com os olhos fixos nos seus lábios.

— Se dê o respeito, si Achur. Isso não combina com o senhor.

Era como se suas palavras me encorajassem a me aproximar cada vez mais. Ela continuou indo para trás até que se encontrou encurralada. Eu me debrucei sobre ela, esticando o pescoço na tentativa de alcançar seus lábios. Sua pele estava fria e seu cabelo ainda molhado. Senti o perfume do sabonete e meu desejo aumentou. Ela me deu um empurrão com força e se desvencilhou de mim, gritando:

— Saia da minha casa, saia!

Seu grito foi o que me despertou para o que eu estava fazendo, era como se eu despertasse de um sonho. Fiquei sem saber o que fazer. Era a primeira vez que ela gritava na minha cara e que me dava uma ordem, e que ordem!

24.

Fui invadido por sentimentos contraditórios ao longo daquele dia. Por um lado, eu estava triste, me sentindo envergonhado, porque Zuhra tinha me expulsado da casa dela, algo que eu nunca pensara que pudesse ocorrer. Mas, por outro lado, estava feliz porque, ao me expulsar da sua casa — sobretudo daquela maneira ofensiva —, retirou um peso das minhas costas e me libertou do vínculo que eu tinha com ela que, nos últimos tempos, havia tomado um caminho que não me deixava satisfeito, bem como me possibilitou pôr fim a uma relação que tinha fugido do meu controle.

Em seguida, os acontecimentos se precipitaram com velocidade extraordinária. Zuhra parou de trabalhar na nossa casa, como ela dissera no nosso último encontro; então interrompeu as faxinas em todas as outras casas, como fiquei sabendo por monsieur Gonzalez. Ela passou a aparecer bem menos na porta do edifício, perto das caixas de correio e no local das lixeiras. Com certeza tinha mudado seus horários de saída para não coincidir com os meus, que ela conhecia muito bem. Seu marido e seu filho regressaram da Tunísia. E o estranho foi que minha relação com Mansur ficou melhor do que era. É verdade que continuou falando pouco, comedido na sua interação comigo e com os outros, mas pelo menos era mais espontâneo quando me encontrava. Sua maneira breve de cumprimentar passou a ser menos fria, era até um pouco calorosa. Em alguns momentos, aproximava-se além do habitual, olhava para mim e até esboçava uma espécie de sorriso tímido. E havia mais uma coisa nele que tinha chamado a minha atenção poucos dias depois do seu regresso:

ele saía bastante. Comecei a vê-lo quase todos os dias, assim como via sua esposa anteriormente. Era como se tivesse acontecido uma troca de papéis no casal. Como se ele fizesse o que ela fazia: recolher a correspondência e colocar os sacos de lixo nos latões. Talvez tivesse mudado seus horários de saída por algum motivo, coincidindo com os meus.

No entanto o que mais chamou a atenção, não só a minha, mas a de todos os moradores do edifício, foi o fato de ele não andar mais desleixado. Estava cuidadoso com a aparência. É verdade que continuava a vestir roupas largas para seu corpo, apesar de ter engordado um pouco, mas já não eram velhas. Na maioria das vezes, seu cavanhaque estava aparado e o cabelo penteado. Também passou a usar sapatos e meias quando saía de casa, abandonando as pantufas e os chinelos definitivamente. Por curiosidade, uma época tentei saber o motivo dessa mudança. Perguntei-me se teria alguma relação com a decisão de Zuhra de não trabalhar mais na minha casa nem nas outras. Quem sabe parar de trabalhar tenha permitido a ela ter tempo suficiente para cuidar dele mais do que fazia anteriormente. Talvez o longo tempo que ficou na Tunísia tenha feito com que ele recobrasse sua autoestima, além de fazer bem para sua moral e seu psicológico, e com que visse as coisas de forma diferente.

Ao contrário do que eu esperava, Brigitte não se surpreendeu muito quando lhe informei que Zuhra não trabalharia mais para a gente. Ela não transpareceu estar se sentindo feliz ou aliviada, ou algo do tipo. Assentiu com a cabeça e ficou olhando para mim por um longo tempo. Então perguntou se Zuhra estava insatisfeita com o salário que pagávamos, e se eu a maltratara em algum momento. Quando lhe expliquei que ela havia parado por motivos pessoais, aparentemente, ela acreditou. Pediu que eu lhe pagasse tudo a que Zuhra tinha direito, deixando claro que continuaria a tratá-la com consideração. A limpeza da casa não foi muito afetada pela interrupção do trabalho de Zuhra. E, como Brigitte trabalha todo dia e sofre de dor na coluna, me ofereci para realizar essa tarefa, assim como vinha fazendo antes de recorrermos aos serviços de Zuhra. Devido à idade avançada, eu já não podia mais fazer tudo num único dia e por muitas horas seguidas. Comecei a distribuir o trabalho em três dias, assim tinha tempo suficiente para fazer o serviço como me conviesse, sem me cansar muito.

Isso me ajudou de certa forma a esquecer meu sofrimento, pois me dedicar ao trabalho manual me anima e revigora, expulsando as obsessões da minha mente.

25.

Poucos meses depois, Mansur e Zuhra voltaram para a Tunísia. Soube da notícia por acaso, por monsieur Gonzalez. Fiquei espantado com a facilidade com que voltaram, e sobretudo por eu nem ter percebido nada. Eles devem ter estudado os planos e se programado muito bem. Monsieur Gonzalez ficou surpreso que eu não soubesse. Via-se a perplexidade no seu rosto. Ele ficou olhando para mim por um longo tempo sem dizer nada. Era a primeira vez que fazia isso. Talvez não acreditasse em mim. Talvez quisesse insinuar que ele sabia que Zuhra e eu tínhamos uma relação que ia além da que existe entre patrão e empregada; e que tentar fingir ali, na sua frente, que eu não sabia o que tinha acontecido era inútil, pois Zuhra já partira da França e se estabelecera na Tunísia. Eu não imaginava que a notícia do seu regresso fosse me fazer cair num estado de tristeza semelhante ao que me atingiu nos primeiros dias que se seguiram àquele em que ela me expulsou da sua casa. Eu deveria ficar alegre, pois sua mudança para outra casa, num lugar muito mais distante, localizado fora da França, significava que minha relação com ela tinha chegado ao fim de fato. E que eu me livrara dessa enrascada que me constrangeu por um longo tempo e quase destruiu meu casamento. Mas o que aconteceu foi o contrário. Passei a me perguntar se eu era do tipo de amante que encontrava prazer no sofrimento, que desfrutava do gosto de ruminar o passado.

Muitos meses se passaram. Pouco a pouco, minha vida retomou o ritmo de antes. Durante aqueles meses, encontrei por acaso com um dos meus antigos amigos tunisianos.

A maioria deles era próxima de mim. Ficamos muito felizes em nos reencontrarmos e voltamos a sentar juntos nos cafés de tempos em tempos. Acho que nossas reuniões e tudo que perpassava nossas conversas e discussões sobre a Tunísia e as transformações pelas quais o país vinha passando, tudo isso me fez bem, pois me ajudou em grande parte a esquecer Zuhra.

Certo dia, levantei-me cedo. Eu tinha dormido bem e meu sono não foi perturbado por nenhum pesadelo. Apesar disso, estava melancólico. Sabia que essa melancolia que eu sentia sem motivo aparente, logo depois de acordar, era o tipo mais duro de melancolia. Tentei me livrar dela enquanto tomava o café da manhã na companhia de Brigitte. Ela estava feliz comigo naquela manhã, porque eu havia preparado o café. Aproveitei que tinha me levantado cedo e preparei tudo com calma, mas ainda assim não tive sucesso em controlar minha melancolia. Depois que Brigitte saiu para o trabalho, não suportei ficar sozinho em casa. Mergulhei nos afazeres domésticos, tentando escapar daquele sentimento de solidão: arrumei a cama, abri todas as janelas para ventilar a casa, lavei as xícaras, as facas e as colheres. E quando terminei tudo, sentei-me no sofá e liguei o rádio para ouvir um pouco de música clássica. Naquele momento, me lembrei de que era terça-feira, dia em que costumava encontrar Zuhra na minha casa.

Desliguei o rádio e saí do apartamento. Saí andando sem direção. O clima estava frio e, quando a chuva começou a cair, não parei na frente de nenhum edifício, nem sob nenhuma árvore para me proteger, continuei caminhando indiferente a tudo. Depois de um longo tempo, me vi próximo ao cemitério onde enterramos madame Albert. Fui caminhando rente ao muro alto, depois virei na primeira rua que apareceu. Alguns passos mais, e me encontrei diante do café em que havia beijado Zuhra. Entrei sem vacilar e me sentei na mesma mesa em que nos sentamos. Quando voltei ao edifício, encontrei Karim na entrada. Estava compenetrado lendo algo. Fazia um tempo que não o via. Tinha mudado muito, estava mais gordo, e aquela vergonha que ele transparecia quando me encontrava desaparecera. Estava mais confiante. Acredito que a vida longe dos pais fez bem a ele. Parou de ler e me deu a mão. Enquanto eu abria a caixa de correios, me perguntou:

— Sabe o que eu estava lendo?

Respondi com desinteresse:

— O quê?

Avançou dois passos na minha direção.

— Uma carta da minha mãe.

Era a primeira vez que falava da sua mãe na minha frente.

— As notícias da Tunísia não são boas.

Silêncio. Há um pouco de preocupação no tom da sua voz. Era evidente que esperava que eu dissesse alguma coisa. Então, quando percebeu que eu não diria nada, acrescentou:

— Esqueci de contar a você que minha mãe me telefonou.

Senti um arrepio.

— Quando?

— Faz três dias.

Balancei a cabeça, tentando esconder minha aflição.

— Ela me pediu para mandar lembranças aos vizinhos do edifício.

Depois de hesitar, perguntei:

— A todos os vizinhos do edifício?

— Sim, todos.

Havia duas cartas na minha caixa de correio, uma da universidade e outra da Receita. Enfiei as duas no bolso sem abrir e me despedi. Entrei no apartamento, mas dessa vez não me sentei no sofá para relaxar, como fazia depois das minhas saídas. Fui até a janela e a abri. Então fiquei observando o enorme plátano no pátio do edifício. Quando fechei a janela, lembrei-me de que Zuhra gostava dessa árvore.

Dados Internacionais de Catalogação na Publicação (CIP)

S468v

Selmi, Habib, 1951-
    A vizinha tunisiana / Habib Selmi ; tradutor: Felipe Benjamin Francisco. – Rio de Janeiro : Tabla, 2023.
    184 p. ; 21 cm.

    Tradução de: Al-ichtiyaq ila l-jara.
    Tradução do original em árabe.

ISBN 978-65-86824-65-0

    1. Ficção árabe. I. Francisco, Felipe Benjamin. II. Título.

CDD 892.736

Roberta Maria de O. V. da Costa – Bibliotecária CRB-7 5587

Título original em árabe
الاشتياق إلى الجارة / Al-ichtiyaq ila l-jara

© Habib Selmi, 2020

A primeira edição em árabe foi publicada pela editora Dar Aladab, em Beirute, em 2020.

EDITORES
Laura Di Pietro
Lielson Zeni

PREPARAÇÃO
Silvia Massimini Félix

REVISÃO
Isabel Jorge Cury
Gabrielly Alice da Silva

PROJETO GRÁFICO E COMPOSIÇÃO
Cristina Gu

CAPA
Intervenção sobre pintura
© Maria Flexa, *Canto das águas*, 2020

[2023]
Todos os direitos desta edição reservados à
EDITORA ROÇA NOVA LTDA.
+55 21 99786 0747
editora@editoratabla.com.br
www.editoratabla.com.br

FSC
www.fsc.org
MISTO
Papel | Apoiando
o manejo florestal
responsável
FSC® C005648

Este livro foi composto em Manofa Condensed e Freight Text, e impresso em papel Pólen Bold 70 g/m² pela gráfica Santa Marta em abril de 2024.